La Memoria Del Olvido

Alexis Sebastián Méndez

Para Lynnette Salas, José Brocco, Ivonne Arriaga,

Jerry Segarra, Francisco Capó y Miguel Diffoot...

Porque al final la memoria siempre vence...

El pasado nunca está donde piensas que lo dejaste.

Katherine Anne Porter

ALEXIS SEBASTIÁN MÉNDEZ

Sábado

*L*o peor de vivir es tener que recordar...

Estas fueron las primeras palabras en mi mente cuando desperté en la arena, manchada de sangre y sin memoria de cómo llegué allí.

De pronto no me percaté de mi extraña amnesia. Me sentía confundida, como cuando pernoctas en casa ajena y despiertas en la oscuridad, habiendo olvidado que estás en otro lugar. Me arrodillé en la arena, y miré el mar que estaba a pocos metros delante de mí y que se extendía hasta una línea indefinida por la cual se asomaba el sol. El mar me llenó de miedo, pero a la misma vez me cautivaba el rugido de las olas y el color del agua. Eso fue lo primero que intenté recordar: Si me gustaba la playa o si la detestaba. Sentía fascinación y repugnancia por el mar, y no logré ubicar un recuerdo que esclareciera mis emociones. Entonces pensé sobre mi llegada a este lugar. Tampoco lo recordaba. Alarmada, busqué mi nombre en la memoria. Nada. Ahí supe que sufría amnesia.

Comencé a buscar pistas en mí misma. Lo primero que encontré fue una enorme mancha de sangre en mi blusa. Estoy herida, voy a morir, pensé, y con horror desabotoné la prenda. No tenía herida en mi cuerpo. La sangre no era mía. Estaba cerrando mi blusa cuando noté una copa de vino justo a mi lado.

La copa estaba vacía, solo restaban unas gotas. Una gota en la lengua me comprobó que era vino tinto. Merlot, pensé. No entiendo cómo la mente puede recordar el sabor y olor del vino, pero ignora mi propio nombre. La memoria, aun en pleno funcionamiento, es una majadera. Eso tampoco lo olvido.

A lo lejos, escuché unos golpes y una voz de mujer pidiendo ayuda. Fue un sonido distante y breve. Podía haberlo imaginado. Miré detrás de mí. Ahí estaba la casa.

Era una casa de playa de dos pisos, de aspecto lujoso, indicado por el color brillante y fuerte de madera costosa. Los balcones y ventanas tenían terminaciones decorativas que solo interesan a quien puede malgastar dinero. Las palmeras que le rodeaban no eran crecimientos silvestres, sino ejemplares exóticos de elegancia y vanidad. Un par de puertas estilo francesa miraban en dirección al mar. Las puertas estaban abiertas.

De nuevo escuché los golpes y los pedidos de auxilio. Venían de la casa.

Me acerqué con miedo a lo desconocido, pero empujada por la certeza de que conocía ese lugar. ¿Sería mi casa? Cuando pasaba entre las palmeras, noté una hamaca instalada en solo uno de sus extremos, con una sólida soga amarilla rodeando uno de los altos tronco.

De nuevo el grito. Ahora distinguí las palabras: "Sáquenme de aquí".

Miré hacia un balcón del segundo piso. Donde debían estar las puertas, había dos enormes paneles de madera. Mirando bien, eran de metal pintado para simular madera en combinación con la vivienda. Paneles contra robos y huracanes. Eso significa que la casa estaba cerrada y la abrieron hoy, o hace poco. Escuché otra vez los gritos, y ahí pensé que quizás los paneles tenían la intención de evitar que alguien escapara.

Debo ayudar; o quizás debo huir. ¿Por qué estoy aquí? Pensé en que estuve atrapada, pude escapar, tropecé y caí inconsciente, y solo llevo unos minutos desmemoriada. Pero no. Aún cargaba la copa de cristal. Aunque no tenga memoria, sé que soy una persona educada y con modales, pero no tan fina como para correr por mi vida mientras me tomo una copa de vino.

Entré a la casa. El desorden no combinaba con el exterior de la vivienda. Había arena esparcida por el piso. Las puertas debieron estar abiertas toda la noche, permitiendo que el viento granizara todo el piso de oscura madera. Me puse dos zapatos de mujer que estaban junto al umbral. Se acomodaron a la silueta de mis pies. Eran míos.

Aprecié el espacio. Todo estaba combinado en el mismo espacio: recibidor, sala, comedor, y hasta la cocina, marcada por un mostrador que le separaba de la pequeña mesa de comedor sobre la cual había una botella de vino, y tres copas con aspecto de usadas, justo como la que tenía en la playa.

"¡Se los ruego! ¡Sáquenme de aquí!"

La voz provenía de la segunda planta.

Debo pedir ayuda.

Busqué un teléfono celular en mis bolsillos. Nada. No tengo nada.

Me acerqué a un mueble cerca de la entrada, que tenía un enorme espejo. Me miré y me reconocí, lucía mucho más vieja de lo que pensaba ser. Creía ser una jovencita, pero lo que veía era una mujer de unos 35 años, con el pelo largo y oscuro, facciones sin alegría, y una marca morada en el cuello. Me llevé los dedos al moretón y descubrí que dolía al tacto.

El mueble del espejo era el tipo de pieza impráctica que solo sirve para poner decoraciones innecesarias y marcos de fotos, aunque no había nada de eso. Allí estaba un rollo de soga amarilla, con la que debían terminar de instalar la hamaca. Muy cerca había una botella inusual, como un tubo de guardar pesetas, con tapa de rosca. Tenía unas gotas translucientes dentro.

Esto me hizo mirar un punto del piso de la sala, y ahí fue que vi la sangre.

Sentí un dolor inmenso, el tipo de dolor que, sin ser del cuerpo, logra doblegarlo.

"¡Auxilio! ¡Por favor!"

No puedo encarar a nadie.

Hay sangre en mi ropa.

En el respaldar de una silla había un abrigo. No podía asegurar si era mío: El diseño podía ser de hombre o de mujer. Me lo puse y cerré la cremallera con facilidad, cubriendo la mancha de sangre en mi ropa. Las mangas me quedaban demasiado largas; no era mía la prenda. Levanté los cuellos para tapar mis marcas. Revisé los bolsillos. No encontré teléfono celular; solo una llave solitaria, sin llavero, sin aspecto de nada, ni de cerradura o de vehículo.

"¿Hay alguien ahí?"

El grito me hizo mirar hacia las escaleras, y mis ojos tropezaron con algo que me aterrorizó.

No sé quién sea la mujer pidiendo ayuda o el peligro que enfrenta, pero va a tener que esperar.

Ahora mismo no puedo respirar, me agarro de la butaca para no caer. El pánico y el dolor me inmovilizan.

El closet.

Sabía que era un closet porque la puerta era ligeramente más estrecha, y su espacio cerca de las escaleras indicaba que no anexaba a ningún espacio amplio. Un pequeño mueble está colocado frente la puerta, como un guardia inútil.

"¡Por favor! ¡Se lo ruego! ¡Tengo miedo!"

Pensé salir corriendo de la casa hasta encontrar ayuda. Pero desistí de la idea, pues un presentimiento me estuvo guiando hasta la conclusión: Había algo que tenía que completar. No sé lo que era, pero la certeza me dominaba, aún más que el miedo y el dolor.

"¡Sáquenme de aquí!"

¿Esa mujer no se cansa?

En la sala había varias alfombras, tanto en las puertas como en los umbrales, piezas absorbentes para cuando los presentes estuvieran aún mojados de agua de mar. Coloqué una encima de la sangre en el piso. No lucía natural en aquel lugar de la sala, pero era menos llamativa que aquellas manchas de muerte.

¿Por qué digo muerte?

"¡Auxilio!"

Esa mujer. Debo ayudarla. Antes de subir, necesito algo para defenderme.

Al lado de las escaleras, en el lado opuesto del closet, había un corto pasillo con dos puertas. Una debía ser del baño para visitantes. La otra puerta estaba entreabierta, como cerrada con descuido. No iba a acercarme. Por lo menos, no hasta tener alguna defensa.

Fui a la cocina y abrí cada gaveta.

Ni un solo cuchillo.

¿Qué clase de cocina no tiene cuchillos?

Busqué la botella de vino vacía. Entonces me dirigí a las escaleras, evitando mirar el closet.

"¡Abran la puerta, se lo ruego!"

Nadie ha intentado callarle la boca. Este pensamiento me brindó el valor necesario para subir todos los escalones.

En el piso superior había cuatro puertas, todas cerrada. Ella golpeaba contra la entrada de su cuarto, así que supe dónde estaba encerrada. Primero cotejaría las otras tres puertas.

La primera puerta que abrí pertenecía al baño. Solo jabón, sin siquiera toalla. Nada que señalara cuántos vivían allí ni sus géneros o edades.

Detrás de la segunda puerta descubrí un cuarto que parecía haber estado ocupado, o cerca de estarlo. Había sobre la cama una maleta de viajero con diseño de colores que me resultó agradable. El cuarto tenía cerrada las puertas del balcón, oscurecidas por los paneles protectores. Este debe ser el balcón que observé desde la playa.

La tercera puerta era otro cuarto, más pequeño, decorado para varón adolescente. Había otra maleta, pero esta ya había sido abierta. Algunos artículos de ropa me indicaban que un hombre ocupaba ese lugar. La cama era sencilla, así que dormía solo. Lo que más llamó mi atención fue esto: Este balcón tenía los paneles removidos, permitiendo entrar la luz del sol a través de las finas cortinas que cubrían las puertas francesas.

Cerré la puerta del cuarto con descuido, y la mujer que estaba atrapada en el cuarto vecino escuchó el ruido.

"¿Quién es" exigió "¡Contésteme! ¿Quién es?"

Le contesté la verdad.

"No sé"

Pausa.

"¿No sabe?"

"No. ¿Usted quién es?"

Otra pausa.

"No sé" contestó.

Ambas quedamos en silencio unos segundos.

"¿Puede sacarme de aquí?" preguntó entonces, rompiendo nuestra infructuosa línea de conversación "La cerradura es de llave y no la tengo".

La puerta, del lado del pasillo, también requería llave. Entonces recordé lo que había encontrado en el bolsillo del abrigo.

"Voy a tratar algo" dije para calmarla.

Puse la botella en el piso para desocupar mis manos. Saqué la llave y me proponía insertarla en la cerradura justo cuando ella dijo lo siguiente:

"Abra pronto, quiero estar lejos de él".

¿Lejos de él?

"¿No está sola?" pregunté.

"Hay otra persona aquí".

"¿Quién?"

"No sé".

Malditos "no sé". Ahora no me atrevía a abrir la puerta.

"¿Le has preguntado si sabe quién es?"

"No, está dormido".

"¿Por qué quieres estar lejos de él?"

"No lo reconozco, pero me da miedo, quiero alejarme. ¡No sé quién es, no sé quién es usted, no sé quién soy! ¡Solo quiero salir! ¡Sáqueme, por favor!"

No sentí los pasos de alguien subiendo las escaleras.

"Voy a abrir" anuncié confiada dirigiendo la llave a la cerradura.

Pero la llave no entró, ni siquiera un poco.

"Ésta no es llave" anuncié con derrota.

"¡Rompa la puerta!"

Entonces me habló un hombre, a muy pocos pies de distancia.

"¿Quiere que trate de abrirla?" me preguntó.

Me sorprendí con mi destreza. Con un movimiento agarré la botella, la elevé sobre mi cabeza y intenté golpearlo en la cara. El botellazo dio contra la mano que subió en reflejo para proteger su rostro. Empezó a decir cosas que yo no escuchaba. Avancé contra él con la botella, lo golpeé en el hombro, de nuevo en la mano esquivando un azote, y lo fui llevando hasta las escaleras. Tuvo que agarrarse de la baranda para no caer, y gritó desesperado.

"¡Tengo las llaves! ¡Tengo las llaves!"

Detuve el ataque, pero mantuve la botella elevada en amenaza.

"¿Dónde?"

"Tengo un llavero, ahí debe estar la llave" dijo enderezando sus espejuelos. Ahí noté el color negro tan intenso de sus ojos, como hoyos sobrenaturales.

Me quedé pensando unos instantes, pero no en su oferta, sino en mi confusión.

No recordaba a este hombre.

Pero me causaba una rabia insoportable.

Quería golpearlo fuertemente en ese instante vulnerable, verlo caer por las escaleras, dejarlo desangrar con los huesos rotos.

¿De dónde nace una idea tan atroz?

Debo estar confundida por el miedo, la falta de memoria, la ausencia de respuestas. No puedo confiar en mi impulso de matarlo. Esto es irracional. Quizás puede ayudarnos.

Ojos Negros metió la mano en un bolsillo y sacó un aro con media docena de llaves. Colgaba además una decoración de estrella de mar, típico detalle de las casas de playa.

"¿Quién eres?" pregunté.

"Sabes quién soy" contestó de manera enigmática mientras avanzaba en dirección a la puerta donde la mujer preguntaba qué ocurría.

Cuando pasó por mi lado, sentí algo familiar en el aroma de su cuerpo, un olor peculiar que no lograba ubicar. Esta condición de memoria es desesperante, como cuando decimos tener una palabra en la punta de la lengua, pero no logramos encontrarla. Tenía la certeza de conocer, pero era incapaz de recordar.

Ojos Negros escogió una llave. Tan pronto giró la cerradura y empujó la puerta, una mujer de intenso cabello rojo se abalanzó sobre él, cargando una lámpara de mesa que usó para golpearle en el pecho. Sin esperar este segundo ataque, Ojos Negros cayó sentado en el piso.

"¿Quién soy?" le gritó furiosa Pelo Rojo.

"Nunca le he visto" contestó Ojos Negros con irritante calma.

"¿Quién es usted?"

"No sé" contestó mientras se levantaba.

Pelo Rojo me miró. Creo que nos reconocimos, o que no estábamos seguras de reconocernos.

"Pero ¿qué pasa aquí?" preguntó a nadie en particular "¿Nadie sabe quién carajo es nadie?"

El grito de Pelo Rojo pareció venir de la mente de los tres. Estuvimos unos instantes estáticos, contemplando la situación que compartíamos, estudiándonos uno al otro; yo veía en sus ojos que me miraban con la misma desconfianza y cuidado.

Ojos Negros intentó controlar la situación.

"Debemos calmarnos. Estamos todos en lo mismo. Ahora, deme la lámpara".

Entonces cometió el error de tratar de quitarle la lámpara a Pelo Rojo antes que ella cediera. La mujer respondió apretando su improvisada arma y asumiendo postura de nuevo ataque. Yo la acompañé elevando mi botella.

"¿Cómo sé que no me tiene secuestrada?" preguntó Pelo Rojo.

"Porque te abrí la puerta, por eso".

Me acerqué aún más. Me contuve para no golpearle con mi garrote de cristal.

"¿Por qué tenías esas llaves?" reclamé.

"Las tenía conmigo cuando desperté, eso es todo lo que sé" Entonces extendió su mano, ofreciéndome el llavero "Tome, puede tenerlas usted si quiere".

Agarré de un zarpazo su muestra de paz.

"¿Qué hacemos? ¿Confiamos en él?" le pregunté a Pelo Rojo.

"Es imposible confiar en un hombre. Por lo menos, lo más importante no se me ha olvidado".

"¿Y confías en mí?"

"Tan pronto vi que querías pegarle con eso, me caíste bien".

Ojos Negros levantó sus manos, pidiendo calma.

"Tenemos que ayudarnos a entender lo qué pasó"

Con una mirada, ambas acordamos tratarlo. Bajamos nuestras armas caseras, aunque yo mantenía el puño con fuerza alrededor del cuello de la botella.

"¿Quién es el hombre en el cuarto?" preguntó Pelo Rojo a Ojos Negros, como presumiendo que sabía más que nosotras.

Nos asomamos en el cuarto. En el piso, justo al lado de la cama, había un hombre inconsciente. Su cabeza descansaba sobre una almohada. Estaba en camiseta y pantaloncillos tipo bóxer. Pude notar su fuerza corporal en el brazo que tenía desplomado sobre el rostro, pose de quienes acostumbran a dormir tapando sus ojos de la luz, haya o no claridad.

"¿Está vivo?" pregunté.

"Sí, en algunos momentos habla, como si soñara".

Pude notar que delataba vida en el discreto vaivén de su pecho al respirar.

"¿Qué decía?" indagó Ojos Negros.

"No entendí. Parecía llorar"

Ojos Negros dio un paso para entrar al cuarto.

"¡Cerremos la puerta antes que despierte!" pidió alarmada Pelo Rojo.

Ojos Negros abrió la boca como para objetar o sugerir algo, pero fue astuto en medir el momento y reconocer que debía demostrar estar de nuestro lado, sea cual fuese ese "lado".

Probé algunas de las llaves hasta que logré dejar asegurada la puerta. Guardé el llavero en uno de los bolsillos del abrigo.

"¿No es su esposo?" se atrevió a preguntar Ojos Negros.

"¡No!" respondió Pelo Rojo "¡No estoy casada! Al menos eso creo. Además, él está en el piso, yo amanecí en la cama".

"¿Estaba vestida así?"

"Claro que no. Me vestí cuando me desperté".

Ojos Negros se refería a la ropa elegante de ella. Vestía una blusa de mangas largas y unos pantalones de una tela sedosa. Sus zapatos de tacos medianos eran de un color vino que combinaba con su reloj y prendas. La vanidad femenina es tan fuerte que nunca abandona la memoria.

"Pregunto porque por el tipo de ropa de dormir que usted haya vestido, puede concluir si ustedes son pareja".

"Le digo que no es mi esposo, no sé quién es ese hombre".

Entonces escuché un sonido distante; una música tan lejana y ahogada que parecía imaginada. Ellos reaccionaron con similar sorpresa y atención. El sonido era real.

"¿Qué es eso?" pregunté, sabiendo la respuesta.

"Eso es un teléfono celular" contestó Ojos Negros.

"¿De dónde viene?"

Nadie contestó. El origen del sonido era incierto.

Sonó.

"Es abajo. Rápido"

Los tres bajamos corriendo las escaleras, pero como si fuese un juego de escondite, el sonido ya había desaparecido.

"Esperemos, debe volver a sonar" sugirió Ojos Negros.

Pelo Rojo caminó hasta las puertas abiertas.

"Estamos en una casa de playa" declaró con sorpresa.

"¿Recuerda haber llegado aquí?"

"No. Ni siquiera recuerdo haber comprado estos zapatos".

Ojos Negros caminaba por la sala, mirando todo, como si cada cosa fuera nueva e importante. De pronto algo captó su vista. Caminó hasta la alfombra que tapaba las manchas de sangre. Pero no interesaba la alfombra. Allí cerca había una butaca, con un terrible tapizado de peces, algo que solo compraría alguien para una casa de playa. Justo al lado en el piso, había una copa de vino.

Levantó la copa, la olfateo y declaró que era vino. Entonces se acercó a la mesa del comedor y la colocó junto las otras.

"¿Qué recuerda usted?" le pregunté.

"Tengo recuerdos, pero no estoy seguro de ellos".

"No importa, mencione alguno".

"Son tonterías, no podría definirlo bien. Recuerdo algunas escenas de adolescencia, pero se sienten como recuerdos distantes y borrosos".

"Lo mismo me ocurre" intervino Pelo Rojo "Todo se siente tan lejano que no se distingue. Como cuando te levantas de una noche de dormir profundo, y sabes que soñaste mucho, pero no logras agarrar los detalles en la memoria".

Ojos Negros llegó entonces hasta el mueble del espejo. Encontró el frasco cilíndrico. Llamó mucho su atención, pues lo manoseó un rato. Sentí el temor irracional de que se virara hacia el punto con las manchas de sangre, tal como yo había hecho.

"¿Dónde estaba usted?" pregunté para distraer su atención.

"Desperté en aquel cuarto" señaló hacia la puerta que quedaba cerca de las escaleras. "¿Y usted?"

"En uno de los cuartos de la planta alta" mentí.

"¿Por qué tiene tanta arena pegada?"

"Porque me desperté antes que ustedes y salí a investigar afuera. Hay mucho viento con arena".

Me sorprendí con mi propia facilidad para mentir.

"¿Encontró algo?"

"No estuve fuera mucho tiempo. Ella estaba pidiendo auxilio y entré".

"Creo que la idea de mirar los alrededores es buena. Quizás un vecino pueda ayudarnos."

"¿Qué hay allí?" preguntó Pelo Rojo. Estaba señalando el closet con el pequeño mueble en el frente.

Ojos Negros comenzó a caminar hacia el closet y grité:

"¡No lo abran!"

Se espantaron la violencia de mi reacción, la cual ni siquiera yo esperaba.

"¿Por qué?" preguntó Pelo Rojo.

Contesté la verdad.

"No sé"

"Vamos a revisarlo" dijo Ojos Negros moviendo el pequeño mueble fuera del paso.

"¡No lo abras! ¡No sé por qué! ¡Pero no lo abras!"

Ojos Negros probó la perilla.

"Está cerrada. Usted debe tener la llave. Présteme el llavero".

"¡Dije que no!"

Ojos Negros lucía frustrado, con enojo contenido. Quería llevar el control sin resistencia.

"Esto es importante, deme el llavero"

Dudé si era un pedido o una advertencia.

Pelo Rojo intervino. Fue hasta el closet, arrastró el pequeño mueble y volvió a bloquear la puerta.

"Si se mantiene cerrada la puerta de mi cuarto, pues entonces ésta también."

Ojos Negros desistió con obvia mala gana, como quien mide el momento para cada batalla: no se había rendido, solo iba a esperar el momento idóneo.

"Voy entonces a cotejar las casas vecinas" anunció "Estén pendientes a si suena ese celular. Debemos encontrarlo".

Entonces salió hacia la playa sin despedirse.

Pelo Rojo le miró un rato, como asegurando que estaba ya lejos. Me senté en una de las sillas del comedor. Le pedí que se acercara. Se sentó en la butaca de los peces.

"No podemos creer en él" le dije con firmeza.

"¿Me dices eso ahora?" reaccionó alarmada, como si descubriera un gran error.

"No quería que supiera que sospechamos".

"¿Por qué desconfías de él?"

"Cuando me vio la primera vez, juraría que me reconoció. Dijo que yo sabía quién él era. No entiendo lo que quiso decir".

"¿Tú lo reconociste?"

Preferí no contestar esa pregunta, pues no iba a lograr que ella entendiera. "Y además encontró la llave de tu cuarto en el primer intento".

Pelo Rojo comenzó a caminar de un lado a otro, bien fuera pensando sobre la situación o descargando su ansiedad.

"Pudo ser casualidad" sugirió.

"O no".

"¿Crees que se está haciendo el desmemoriado?"

"No estoy segura. Me sentí un poco confiada cuando me dio las llaves, pero ahora vuelvo a dudar. No quiso que abriéramos el closet".

"¡Fuiste tú quien no quiso que abriera la puerta!"

"Sí, porque sentí terror. Pero él no insistió. Su motivo no es el miedo; es la mentira".

"¿Por qué tienes miedo al closet?"

"No sé. También le tengo miedo al mar".

"Mucha gente le tiene pánico al mar".

"Esto es diferente. Porque siento que amo el mar, pero también que lo odio. Mi miedo no es acercarme porque me vaya a hacer daño; lo que me asusta es el impulso de meterme en el mar hasta desaparecer".

Las dos soltamos pequeños gritos de sorpresa cuando sentimos el escándalo.

Pudimos reconocer con facilidad el ruido.

Alguien intentaba abrir una puerta en el piso superior.

"¡Está despierto!" gritó Pelo Rojo con pánico.

"Tranquila" le ordené, aunque no estaba en posición de exigir algo así. "Recuerda que está encerrado. Y yo tengo la llave."

El hombre pretendía derribar la puerta con puños y maldiciones.

"Vamos a hablarle".

"¡No! ¡No! ¡Eso no!".

"A través de la puerta. No voy a abrir."

"¡No quiero! ¡Me voy de aquí!"

"Acabaríamos todos separados. Debemos ayudarnos. Quédate".

Subí las escaleras. Pelo Rojo se quedó parada en el primer escalón, a medio camino entre subir a socorrerme y salir huyendo de la casa.

La puerta rugía, como si aguantara un demonio que intenta

atravesar del infierno a nuestro plano.

"¿Quién eres?" pregunté.

El ruido se detuvo.

"Abra esta puerta. Ahora" exigió.

"Primero dígame quién es".

"Soy quien te va a matar si no abres esta maldita puerta ahora mismo".

"Tus respuestas no ayudan".

"¿Dónde está ella?"

"¿Quién?"

"¡Ella! ¡La que estaba durmiendo en la cama! ¡Aquí hay ropa de mujer!"

"¿Quién es ella?"

"¡No sé! ¡Tampoco sé quién soy! ¡Pero quiero encontrarla!"

"¿Cómo sabes que no soy yo?"

Los segundos de silencio antes de las respuestas hay que observarlos con cuidado. Por eso miro fijamente a Ojos Negros y Pelo Rojo cuando hay estas pausas: Quiero identificar en el rostro si buscan un recuerdo o si arman una mentira. Pero no podía ver al hombre al otro lado de la puerta.

"Quizás eres tú. Como no reconozco la voz, pienso que no te conozco. Puede que tampoco recuerde como suenan tus palabras. Abre la puerta, para poder verte".

"No".

Otro instante de silencio.

La puerta brincó hacia mí. Fue un movimiento leve, pero la bravura de su ruido me hizo creer por un instante que la puerta se desprendería y me aplastaría contra la pared. Pero los goznes y la cerradura resistieron. Entonces comenzó un ruido demoledor dentro del cuarto, como si rompiera todo lo que estuviera a su alcance.

Era mejor alejarme.

Cuando bajé, Pelo Rojo estaba unos pasos dentro de la playa. Tenía sus manos cubriendo los oídos.

"¡Va a salir! ¡Vámonos!"

El ruido se detuvo.

"Ya paró" le dije buscando calmarla. "Debe haberse percatado de que no puede romper la puerta".

"O quizás ya escapó".

Miré hacia la segunda planta. Desde allí no podía ver la puerta del cuarto, pero de haber escapado, ya estaría bajando las escaleras.

"La puerta es fuerte".

"Él también".

"Debe estar descansando o pensando cómo salir. Podemos irnos juntas, o buscar el celular" sugerí.

"Ahí afuera hay unos carros, tomemos uno nos vamos."

Pelo Rojo señalaba hacia un estacionamiento al otro lado de la vivienda, entre la casa y la carretera. Quedaba en un terreno un poco más alto de la casa, y había que llegar subiendo unos escalones largos cubiertos de gravilla. Tres carros lujosos ocupaban el espacio.

"¿Tienes las llaves de algún carro?" pregunté.

"No" contestó, y quedó pensativa unos instantes "Ahora me percato que cuando revisé los bultos que hay en mi cuarto, no encontré llaves de ningún tipo".

"En los otros cuartos vi bultos, en alguno debe haber llaves, pues esos carros no llegaron solos".

"No subas".

Miré la puerta del estudio en que Ojos Negros aseguraba haber amanecido.

Ahora estaba cerrada.

"Busquemos allí" sugerí.

"No pienso meterme en un cuarto del que no pueda escapar de la casa".

"Espera. Te digo".

Llegué hasta la puerta. Estaba cerrada. Ojos Negros debe haberla cerrado antes de encontrarnos en la segunda planta.

Comencé a probar llaves. Miré en un instante a Pelo Rojo, pero ella no me miraba. Su atención estaba dedicada a la parte alta de las escaleras, pendiente a huir en caso de cualquier movimiento.

Otra llave. Nada.

Un ruido en la planta alta.

Pelo Rojo me miró llena de pánico. Dio unos pasos hacia atrás, como preparándose a huir hacia la playa.

Otro ruido. Pelo Rojo se tensó, pero no huyó.

Otra llave. La cerradura cedió.

Abrí la puerta y sentí el ligero escalofrío de la memoria escondida.

Yo he estado varias veces aquí. Hace muchos años.

Esto era un cuarto que conserva vestigios de sus previas vidas. En algún momento fue salón de juego, una mesa de ping-pong, cerrada contra una pared, quedaba como evidencia. Un sofá-cama evidenciaba su paso como cuarto extra para visitantes excesivos en los veranos. Un librero, un archivero de metal, y un enorme escritorio era el motivo por el cual Ojos Negros lo debía haber descrito como un estudio. Sobre el escritorio había un lapicero, artefactos obsoletos de oficina, y una pequeña canasta, que me llamó la atención por su limpieza, no lucía llevar mucho tiempo allí. La única decoración en este cuarto de olvido era un cuadro de, qué más, un barco en el mar. Al final del cuarto, en la esquina más lejana, había una puerta cerrada. Era un acceso alterno a la vivienda, la siempre esperada "puerta de atrás".

Llamé a Pelo Rojo. Esto era un lugar seguro.

Tan pronto entró, cerré con llave. Le mostré la puerta posterior. Aún con la llave, tuve que forcejear, como si la cerradura llevaba mucho tiempo sin usarse. Abrí un poco la puerta, pude ver un patio artificial de tiestos descuidados y losas de piedras. Una raquítica valla de madera lo separaba de la playa, aunque tenía tantas porciones perdidas que no servía para detener el paso de nadie.

Cerré la puerta, pero sin pasar cerrojo, para que pudiéramos escapar pronto si surgía la necesidad.

Todo esto le brindó suficiente tranquilidad a Pelo Rojo, y pronto comenzó a abrir gavetas del escritorio en búsqueda de alguna llave de carro.

Primero verifiqué el sofá. Si allí había dormido Ojos Negros, quizás encontraba un llavero de auto. Los sofás se lo tragan todo. Mientras registraba en las hendiduras del mueble, mi vista buscó un pedazo de la pared.

Había unas letras trazadas en la madera.

La letra "O", seguida por una letra "y", y entonces una "A".

Iniciales de enamorados, talladas hace muchos años.

"No puedo con esto" me interrumpió Pelo Rojo.

Ella estaba intentando abrir el archivero de metal. Era un mueble de oficina de antaño. Tenía cuatro gavetas para guardar carpetas y otras cosas. Era de cerradura.

Todo en esta casa tiene cerradura: cuartos, closets, archiveros.

Supongo que es común en las casas de playa, que están vacías gran parte del año y vulnerables a saqueadores.

Probé cada pieza del llavero sin éxito.

Entonces recordé la llave en mi bolsillo.

Tampoco funcionó.

Extraño.

"La gente no anda cargando las llaves de los armarios de oficina" declaré confiada, sin reconocer el origen de esta pieza de conocimiento "Tiene que estar en el escritorio".

"Ya cotejé las gavetas".

"Deja intentar".

Busqué.

"Hace mucho que no le escucho" reflexionó Pelo Rojo mirando al techo, como si fuera poder mirar a través de la madera.

Miré el lapicero que había en el escritorio. De pronto me resultó obvio. Viré el contenido del lapicero sobre la superficie. Cayeron lápices de madera hinchada por años de humedad, y una llave de metal. Pelo Rojo dio un brinco de felicidad sin alegría alguna.

Cualquier pizca de optimismo se desvaneció con un ruido desde la sala.

"¡Es el hombre del cuarto!" gritó en susurro Pelo Rojo.

Fue hasta la puerta que anexaba al interior, y pegó su oído a la puerta.

Yo probé la llave en el archivero. Funcionó.

La gaveta superior me decepcionó. Era equipo de juego: las paletas y bolas del ping-pong, la malla devastada por el tiempo, piezas sueltas sin identidad.

La segunda gaveta tenía artículos misceláneos de oficina.

El contenido de la tercera gaveta me sorprendió. La cerré apresurada. No tenía tiempo para pensar en explicaciones.

Lo que encontré en la cuarta y última gaveta me hizo perder la respiración.

Una pistola.

Pelo Rojo no me miraba. Ella estaba con toda su atención en detectar cualquier sonido en la sala. No vio el interior de la gaveta.

No podía mencionar el arma. Tengo sangre en mi ropa.

Recordé el sentido de familiaridad del cuarto.

¿Había yo usado esta pistola?

¿Fue una casualidad encontrar la llave, o yo recordaba dónde se guarda?

Cuando volqué el lapicero para sacar la llave, no cayó polvo. Este archivo fue usado hace poco.

"¿Encontraste llaves de carro?" preguntó Pelo Rojo.

"No" contesté fríamente a la vez que cerraba la gaveta. Decidí no cerrar con llave el archivero. Aún estábamos en peligro. Detesto las armas, pero también estar indefensa. Si hiciera falta, podía buscarla con rapidez.

"No he sentido ningún ruido en la sala".

"Las puertas que dan a la playa están abiertas. Pudo ser el viento, o algún animal".

"¿Qué hacemos?'

"Debemos registrar los bultos en la planta superior" sugerí.

"¡No pienso subir esas escaleras!"

"Yo lo haré".

"¡Vámonos caminando!"

"No sabemos lo lejos que estamos".

"¡Eso no importa! ¡Nos escondemos hasta que pase el peligro!"

Pensé sobre esto. No quiero actuar como las estúpidas de película de horror.

¿Cuál película de horror? No recuerdo ninguna. ¿Por qué digo esto? Parece que las emociones y las lecciones de vida tienen una residencia separada de la memoria dentro de nuestro cerebro.

"El otro desconocido anda fuera de la casa" expliqué "Puede que le haya pasado algo, puede que esté por regresar, o puede estar esperando a que salgamos. Quizás es bueno, quizás no lo sea. Ojalá lo sea. Pero si no lo es, necesitamos alguna ventaja sobre los demás, y el carro es nuestra ventaja".

"No puedes subir sin algo para defenderte. Necesitas algo mejor que una botella".

Tenía motivos para no sacar el arma.

Lo más sensato era darle el arma a Pelo Rojo para que me defendiera si algo pasaba mientras buscaba las llaves de algún carro.

Ahí me percaté que, a pesar de todo lo que estábamos atravesando juntas, no confiaba en ella. Inclusive, sentía un desagrado que se confundía con una enorme lastima. Los contenidos de las gavetas serían mi secreto.

"La botella me ha funcionado bien" dije.

Abrí la puerta que daba al interior de la casa.

Todo estaba en silencio, el único movimiento era la casi imperceptible trayectoria de granos de arena llevados por un ligero e irregular viento.

"¿Qué hago?" me preguntó.

"Espera en la sala. Si me oyes gritar, corre de vuelta aquí y te encierras".

"No tengo la llave".

Saqué del llavero una pieza y se la entregué.

Pelo Rojo parecía satisfecha con ese plan.

Me siguió hasta el medio de la sala. Llegué hasta la mesa del comedor y recuperé la botella. Miré hacia la planta alta. Todo lucía tranquilo.

"¿Te parece bien si te espero encerrada?"

"Espera aquí. Ya te dije que voy a gritar si hay peligro. Si te encierras quizás no me escuchas, y después no vas a saber si salir o no".

Me hizo la señal de pulgares arriba y trató de fingir una sonrisa de ánimo.

Mientras subía las escaleras, pensaba en lo mucho que Pelo Rojo debía admirar mi valentía, o apreciar mi estupidez.

Pero no se trataba de valentía o de estupidez.

Yo no le tenía miedo al hombre de brazos fuertes.

Tampoco le temo a Ojos Negros ni a Pelo Rojo. Mi único miedo es la vulnerabilidad por la falta de memoria, y los motivos para la sangre derramada.

Ojos Negros y Pelo Rojo han despertado emociones diferentes y extremas. Cuando vi a Brazos Fuertes dormido en el piso del cuarto, no sentí nada, ni empatía ni precaución. No había amor u odio. Creo que sentí pena.

Su reacción fue violenta cuando intentaba salir del cuarto, pero ¿cómo culparlo? Imagine despertar sin memoria y descubrir le tienen encerrado y no desean liberarle.

Mi plan era hablar en privado con él. Tenía que asegurar tenerlo de mi lado. Por eso no llevé el arma, pues eso lo pondría en posición defensiva. La botella no intimidaba de esa manera, solo era una advertencia de protección necesaria.

Caminé por el pasillo hasta su cuarto. Ya no estaba en el campo de visión de Pelo Rojo. Saqué el llavero y me preparé para liberar a brazos fuertes. No llegué a usar la llave.

La puerta estaba torcida.

Cerca de la cerradura, la madera estaba agrietada.

Toqué la manecilla. No había resistencia.

Empujé la puerta.

El cuarto estaba vació. Había un enorme reguero de muebles derribados y de piezas de ropa. Lo bultos estaban vacíos, abiertos como animales sin vísceras.

Carajo, pensé.

Eso me robaba el control.

Fui al otro cuarto de la maleta de colores. No aparentaba haber estado allí.

La puerta del cuarto de adolescente estaba abierta.

Adentro, otro reguero de maleta vaciada.

Y las puertas del balcón estaban abiertas.

Me asomé al exterior y no lo vi.

Y entonces vi en el cuarto algo que aumentó mi ansiedad.

Entre las ropas regadas, había una camisa de hombre.

Tenía manchas de sangres. Muchas.

He cometido un error, fue todo lo que pude pensar antes de comenzar a correr escaleras abajo.

"¡Al estudio! ¡Al estudio!" grité.

Pude ver a Brazos Fuertes a través de la ventana. Aún vestía la camisilla y los pantaloncillos con que dormía, ni siquiera se había puesto zapatos. Estaba oculto detrás de un palmar cercano, desde donde podía espiarnos por una ventana. Mis gritos le hicieron correr hacia la casa. Nuestro error fue dejar las puertas francesas abiertas, por creer que el peligro vendría del interior. Su trote era torpe, casi brincaba en un pie, debió lastimarse cuando saltó desde el segundo piso. Pelo Rojo llegó hasta el estudio, ya yo pisaba la sala.

"¡Espera!" le grité.

No se detuvo. Cerró la puerta, dejándome fuera.

Brazos Fuertes entró a la sala. Cargaba algo brillante en una mano.

Era un cuchillo.

Y estaba manchado de sangre.

Corrí hacia la puerta del estudio.

Escuché el ruido de Pelo Rojo luchando por trancar la cerradura.

Estaba perdiendo su tiempo. Era inútil.

Yo le había dado otra llave.

Empujé mi cuerpo contra la puerta, haciéndole caer de espaldas.

Se levantó y corrió hacia el rincón opuesto del cuarto.

No traté de asegurar la puerta, eso me robaría tiempo.

Corrí hacia el archivero.

Brazos Fuertes entró al estudio.

Abrí la gaveta inferior.

Maldita sea.

No estaba la pistola.

No está el arma, ¡estaba aquí hace unos minutos!

En ese instante de shock, sentí un brazo enroscarse alrededor de mi cuello como una boa asesina. Me levantó contra su cuerpo, y puso la navaja contra mi cuello.

Pelo Rojo tenía la mano en la perilla para escapar, pero quedó un momento congelada por la escena.

"¡Si da un paso más, la mato!" advirtió Brazos Fuertes, casi ensordeciendo mi oído derecho.

"No sé quién es ella" le dijo Pelo Rojo, quien entonces me miró y con bochorno, pero sin pena, me dijo "Espero no recordar después que eres mi hermana o algo así".

Pelo Rojo abrió la puerta posterior y quedó paralizada mirando afuera. Supongo que vio que el espacio no era abierto para correr, que tendría que esquivar matas muertas, decoraciones de piedras y buscar un espacio adecuado en la valla.

"Solo me toma un segundo cortarle el cuello y correr detrás de ti. Eso es muy poca ventaja. Aún con mi tobillo te alcanzaré con facilidad. Tratar de huir es una estupidez".

Pelo Rojo cerró la puerta. Su rostro estaba desfigurado por la frustración y el miedo.

"No te voy a hacer daño, te lo juro" le dijo Brazos Fuertes.

"¿Cómo puedo estar segura de eso?" respondió Pelo Rojo sin mirarle a los ojos.

"Porque te conozco".

Su brazo me presionaba sobre el moretón que tenía en el cuello y el dolor era angustioso. Comencé a jadear como asfixiada para que entendiera que me hacía daño. Liberó el agarre para enredar sus dedos en mi hombro, manteniendo el cuchillo machado de sangre cerca de mi rostro.

"Pues dime quién soy" preguntó Pelo Rojo.

Brazos Fuertes no contestó la pregunta. Miraba a todos lados. Su cuerpo temblaba. Estaba agitado, como un animal recién liberado de cautiverio.

"¿Hay alguien más en la casa?"

Contesté rápido, antes que lo hiciera Pelo Rojo.

"No hemos visto a nadie más".

"¿Y quiénes son ustedes?"

"No recordamos" intervino Pelo Rojo "Pero dijiste saber quién yo era".

"Eres mi esposa" contestó con certeza "Estabas conmigo en el cuarto".

"¿Quién eres?" exigió ella.

Entonces vino la respuesta que tanto odio.

"No sé".

Pelo Rojo disimuló malamente una mueca burlona.

"¿No tienes memoria, pero sabes que soy tu esposa?"

"Por tu ropa. Hay mucha ropa de ese estilo en la maleta que abrí en mi cuarto. Si estabas en el mismo cuarto, eres mi esposa".

"No puede ser, jamás me fijaría en alguien como tú. Y aunque estábamos en el mismo cuarto, tú estabas durmiendo en el piso".

"Por eso mismo pienso que estamos casados".

Le creí a Brazos Fuertes. Estos dos cayeron con facilidad en la rutina de discusiones necias, como una memoria no reconocida, una especie de reflejo de relación. Interrumpí antes que se adentraran en un intercambio sin remedio.

"¿Qué vamos a hacer?" pregunté.

"Llevarnos uno de los carros que hay afuera" contestó Brazos Fuertes.

"Eso estamos tratando. No hay llaves. Iba a revisar los bultos de la planta alta".

"Ya revisé los bultos, no encontré nada".

"Falta una maleta en un cuarto".

"Pues vamos a revisarla. Andando."

Caminamos hasta la sala.

"No tengan miedo, no les haré daño".

"¿Y por qué el cuchillo con sangre?"

Brazos Fuertes no contestó. Solo se dejó caer en la butaca de peces.

"Necesito un minuto" dijo, frotando con una mano el tobillo lastimado. Usaba su otra mano para apuntarme con el cuchillo, como si pudiera disparar la navaja a su antojo.

Brazos Fuertes miró alrededor, y entonces hizo la pregunta que temía.

"¿Qué hay detrás de esa puerta?"

Estaba señalando hacia el closet.

"No sabemos" contesté.

"¿No la han abierto?"

"Preferimos dejarla cerrada".

"¿Por qué? Tiene un mueble al frente, algo importante debe haber".

"No quiero abrirla" declaré con firmeza.

"No me importa lo que quieras" me dijo.

Entonces le habló directamente a Pelo Rojo.

"Esposa: ve y abre esa puerta".

"No soy tu esposa" respondió Pelo Rojo envalentonada "Y si lo soy, ve y ábrela tú, que para eso tienes manos".

Brazos Fuertes apretó los puños antes de hablar.

"Si no quieres pensar en mí como tu esposo, entonces piensa que soy un hombre impaciente y desquiciado con un cuchillo en la mano".

Tan pronto dijo esas palabras, pude ver su cara de arrepentimiento por haberlas dicho.

Pelo Rojo no le discutió. Caminó de mala gana hasta el closet, e intentó girar la perilla.

"Está cerrada".

Brazos Fuertes quiso asegurarse, llegó hasta la puerta y comprobó que no se podía abrir.

"Princesa, ¿tienes la llave?"

"¿Cómo me llamaste?" brincó Pelo Rojo.

"Princesa… me salió de pronto… debe ser el nombre afectuoso que tengo para ti".

"Pues no me llames así, que me haces sentir como una yegua" y entonces mortificada añadió "Las llaves las tiene ella".

Brazos Fuertes hizo señas con una mano para que le entregara el llavero.

Moví la cabeza en resistencia.

"No. Por favor".

Apretó el puñal del cuchillo y suspiró desesperado. Era un gesto calculado para asustarme. Seguía pensando que no me haría daño, pero ya no estaba tan segura de mis instintos. Que no sintiera miedo y odio cuando lo vi, no significa que fuese inofensivo, sino que quizás aún no conocía ese aspecto de él.

Le entregué el llavero.

Cuando comenzó a probar las llaves, sentí un movimiento en la periferia de mi campo visual.

Ojos Negros entraba desde la playa, y cargaba la pistola. La llevaba empuñada en dirección de Brazos Fuertes.

Justo en el instante que la cerradura abrió, Ojos Negros habló.

"¡Ella dijo que no abran la puerta!"

El momento de su llegada era demasiado oportuno. Brazos Fuertes tuvo el mismo pensamiento.

"¿Cuánto tiempo lleva afuera observándonos?"

"No abra la puerta".

Brazos Fuertes se le acercó algunos pasos mientras le apuntaba con el puñal. Era un acto inútil, pero desafiante.

"Me dijeron que no había nadie más" nos dijo en reproche, antes de dejar caer el cuchillo en el piso.

"Recójalo" pidió Ojos Negros a Pelo Rojo.

Cuando los tres se distrajeron en esta acción, corrí hasta la puerta del closet y la abrí.

Me arrepiento tanto.

Tenía qué hacerlo. No creía que Ojos Negros apareció para rescatarme, sino para evitar algún descubrimiento.

Y lo que todos vimos, cambió el resto de nuestras vidas.

El closet era amplio, un espacio acomodado para artículos grandes de playa. Pero estaba casi vació, solo algunas tablillas en un lado, donde descasaban toallas, juegos de mesa, bandejas y jarras que solo se usan en fiestas. Debajo de las tablillas, en el piso, había enredos de cables y tubos.

En el medio del closet, sentado en el piso y recostado contra la pared, había un hombre.

Muerto.

Con su camisa empapada de sangre.

Su rostro petrificado con el gesto final de la muerte inesperada.

Verlo allí tan solo, sin vida, asustado…

Me llenó de una angustia incontrolable.

Corrí hasta él, y estallé en llanto agitado, y pegué su cabeza contra mi pecho.

"¿Quién es?" preguntó Brazos Fuertes.

Cuando intenté contestar, se me escapó un grito de dolor, de esos que siempre consideré como ridiculez de viudas de telenovela.

"Creo que debes alejarte de él" opinó Ojos Negros.

"¡No quiero!" logré gritar.

"Carajo, ¿quién es?" volvió a exigir Brazos Fuertes.

"¡No sé! ¡No sé!" respondí mortificada.

Era cierto. No recordaba quién era ese hombre.

"Ya está bien, ven con nosotros" insistió Ojos Negros.

"¡Sí! ¡Suéltalo ya!" añadió Pelo Rojo con obvio enfado.

Esta vez sentí odio hacia todos ellos.

"¿Qué les importa si lloro? ¿Qué importa si me quiero quedar junto a él?"

"Tenemos que revisarlo" contestó Brazos Fuertes.

"¡Tú lo mataste!"

"¡Yo no he matado a nadie!"

"¡Tenías un cuchillo con sangre!"

"¡Fue lo único que encontré para defenderme! ¡Ahora sal!"

Brazos Fuertes entró al closet y me agarró por los hombros para tirarme fuera. Me liberó cuando Ojos Negros lo golpeó con la pistola en la cabeza.

Un chorro de sangre espesa pero apresurada corrió por el lado derecho de su rostro. Tensó sus mandíbulas para no complacernos con un grito de dolor.

"Siéntate ahí" le ordenó Ojos Negros mientras señalaba una silla del comedor que tenía braceros.

Brazos Fuertes miró la pistola, estudió a Ojos Negros. Contemplaba sus opciones. El golpe en la cabeza había sido efectivo, pues afirmaba la posibilidad de violencia. Se sentó obediente.

"Necesito que ambas me ayuden".

Durante los siguientes minutos, Pelo Rojo y yo seguimos las instrucciones de Ojos Negros, quien no dejaba de apuntar el arma hacia Brazos Fuertes. Usamos la cuerda amarilla que había visto sobre uno de los muebles, cortamos pedazos con el cuchillo aún marcado de sangre seca, y amarramos las manos de Brazos Fuertes con los braceros de la silla.

Mientras completábamos estas labores, Ojos Negros nos habló sobre el tiempo que estuvo fuera de la casa.

Estuvo caminando durante mucho tiempo en la playa. Las casas quedan muy alejadas una de las otras, y desistió después de la quinta, pues todas estaban cerradas. Debemos estar fuera de temporada veraniega. Llegó hasta la carretera y nunca pasó algún vehículo, bien sea por lo remoto que estamos o por lo temprano del día. Cuando regresaba a la casa, vio a Brazos Fuertes brincar por la ventana. Decidió entonces observar desde lo lejos antes de decidir sus próximos pasos.

Brazos Fuertes se ocultó detrás de una palmera cerca de la entrada que estaba abierta. Ambos tenían la misma cautela: estudiar la situación antes de proceder, pues todo les resultaba desconocido. Ojos Negros bordeó la casa desde amplia distancia para no ser detectado. Había despertado en el estudio, así que conocía de la puerta en el lado opuesto de la casa.

Cuando entró, notó que la gaveta inferior del archivero no estaba bien cerrada. Revisó y encontró la pistola. Entonces sintió ruidos en la casa, tomó la pistola y salió huyendo. Estaba parado cerca de la puerta trasera en esos momentos, temeroso de hacer ruido. Entonces entramos nosotras, seguidas por Brazos Fuertes.

Aquí Pelo Rojo intervino para confesar que cuando abrió la puerta del patio, vio a Ojos Negros parado con el arma, y aunque no le reconoció, dijo sentirse aliviada, y esto evitó que cayera en ataque de pánico por la situación.

Después Ojos Negros bordeó la casa y siguió el ejemplo observado. Se ocultó detrás de una palmera midiendo sus siguientes acciones, hasta que me escuchó gritar por mi oposición a abrir el closet.

"Entonces vine a tu rescate" me dijo, como buscando impresionarme.

Estaba apretando los nudos ante las protestas de Brazos Fuertes. Ojos Negros quiso revisar el trabajo. Pelo Rojo aprovechó nuestra distracción, y en pocos segundos desapareció.

"¿Dónde está ella?" preguntó Ojos Negros.

Yo sabía dónde estaba.

Me acerqué hasta la puerta abierta del closet, y allí la encontré.

Estaba sentada junto a Muerto.

Le miraba con tristeza. Le acariciaba el cabello con una mano, mientras pasaba la otra por una de sus mejillas.

"¡No lo toques!" ordené.

Brazos Fuertes no podía ver el interior del closet desde su silla, pero mis palabras le hicieron reaccionar.

"¿Lo está tocando? ¡Eres mi esposa, no lo olvides!"

"¿Sabes quién es?" preguntó Ojos Negros a Pelo Rojo.

"Solo sé que quiero acariciarlo" contestó ella, y justo entonces le besó.

Aún yo sostenía el cuchillo.

Lo levanté hacia ella.

"¡Princesa! ¡Cuidado! ¡Tiene un cuchillo!"

Ojos Negros me habló con suavidad.

"Guarda el cuchillo, por favor".

"¡Ja! ¡Qué lindo!" protestó Brazos Fuertes "¡Por favor y todo! ¡A mí no me hablaste así! ¡Apúntale con la pistola!"

Pelo Rojo se levantó. Ahora era valiente. Demasiado.

Caminó hasta que la punta del cuchillo tocaba su blusa.

"Agarras ese cuchillo con demasiada confianza... ¿lo mataste?"

No pude contestar.

Todo es duda cuando no hay recuerdos.

Cerré el cuchillo retractable y lo guardé en un bolsillo del abrigo.

"Princesa, revisa sus bolsillos" sugirió Brazos Fuertes.

"Lo haré yo" dije para evitar que Pelo Rojo volviera a tocar a Muerto.

"Ya, ya" se limitó a protestar Ojos Negros, quien nos pasó por el lado y entró al closet.

Muerto vestía elegante para estar en una casa de playa. Lucía un juego de gabán y pantalón azul, zapatos de cuero negro y una camisa color crema que estaba empapada de sangre.

Ojos Negros le revisó los bolsillos sin aparente pudor.

"No tiene nada en los bolsillos. No tiene celular, no tiene llaves, no tiene identificaciones. Igual que nosotros".

Le revisó el pecho con la facilidad de quien tiene conocimientos en ciencias.

"Tiene una sola puñalada, muy cerca del corazón. Debe haber muerto en poco tiempo".

Entonces nos miró fijamente a ambas, como si tratara de detectar alguna mentira.

"¿Alguien sabe quién era él?"

Ambas mantuvimos silencio.

"Yo sé quién era".

Todos miramos a Brazos Fuertes, quien contestó confiado.

"¿Nos puedes decir quién era?" pidió Ojos Negros.

"Era un tremendo cabrón, si tiene a estas dos así".

Me molestó que se refiriera a Muerto de esa manera.

"No lo conozco" confesé "Pero siento que debiera".

"Es la única persona aquí con la que he sentido paz" declaró Pelo Rojo.

"Me imagino" intervino Brazos Fuertes "Es el único que está muerto".

Ojos Negros cerró la puerta del closet. Las llaves seguían en la cerradura, así que después de asegurar que la puerta estaba cerrada, guardó el llavero. Esta vez no me lo ofreció. Cogió el mueble pequeño y lo colocó frente la puerta.

"¿Crees que se va a escapar?" preguntó Brazos Fuertes.

"No nos dijiste si tú lo reconocías" le dije a Ojos Negros.

La pregunta pareció sorprenderle.

"No, por supuesto que no sé quién es. Pero esto lo cambia todo".

"¿Qué quieres decir?" preguntó Brazos Fuertes.

"Que iba a sugerir que algunos de nosotros camináramos por la carretera hasta encontrar alguna ayuda".

"Podemos hacer eso" dije.

"Ahora no. Tenemos una persona asesinada. Pueden acusarnos a uno de nosotros, o quizás a todos. Alguno de ustedes debe haber sido".

"Quizás fuiste tú" acusó Brazos Fuertes.

Ojos Negros no pareció molestarse por el comentario. Cualquier hubiera entendido que era una observación justa.

"No creo" respondió "Pero no hay manera de saberlo hasta que investiguemos qué pasó".

"¿Cómo vamos a saberlo, si nadie recuerda nada? ¿Y si fuimos todos?" retó Brazos Fuertes "Además, ¿qué diferencia hace?"

Entramos en una discusión sobre nuestras opciones. Brazos Fuertes insistió en que lo enterráramos en la arena y nos marcháramos, que cuando alguien lo encontrase ya estaríamos todos muy lejos. Pelo Rojo ofreció una idea que me sorprendió por lo extrema y sensata: Incendiar la casa, pues el humo se vería en la distancia y llegaría ayuda. Ojos Negros insistió en la posibilidad de que estuviéramos envueltos en algún acto criminal y que no debíamos aún enfrentar a las autoridades.

Una posibilidad descabellada me vino a la mente con tanta fuerza que tuve que liberarla en el momento.

"¿Qué tal si no fue ninguno de nosotros?"

Capté la atención de todos. Esperaron a que continuara.

"Ninguno de nosotros debe pensar que es accidental nuestra amnesia. Alguien, de alguna manera, nos ha robado los recuerdos. Si alguno de nosotros fuera la persona detrás de esto, tendría su memoria. Y ninguno recuerda nada"

"A menos que alguno de nosotros esté actuando" sugirió Ojos Negros.

"O algunos" aclaró Brazos Fuertes.

"¿Qué tal si ella tiene razón?" Pelo Rojo consideró la gravedad del escenario sugerido "¿Y si hay un asesino que volverá pronto?"

"Nos defenderemos" dijo Ojos Negros mientras levantaba la pistola para acentuar sus palabras "Tenemos un arma".

"Querrás decir que tú tienes un arma" protestó Brazos Fuertes "¿Cómo me defiendo yo? ¿Saco la lengua hasta matarlo de la humillación?"

Ojos Negros verificó el arma.

"Solo tengo dos balas. No sé de cuánta gente estamos hablando".

"¿Hay más gente entonces?" preguntó Pelo Rojo.

"No creo. Pero no debemos descartar nada".

"¿Nos quedamos o nos vamos?" pregunté, mientras me

cuestionaba si era más seguro estar separados uno del otro o trabajar en grupo.

"Sugiero que nos preparemos para todo. Voy a tratar de encontrar balas adicionales en el estudio".

"Puedo buscar llaves de los carros en los bultos en la planta superior" ofrecí.

"Seguiré buscando el teléfono celular" sugirió Pelo Rojo.

"¿Qué hago yo?" preguntó Brazos Fuertes.

"Te quedas sentado sin tratar de soltarte" contestó Ojos Negros sin humor mientras volvía a presentar el recordatorio del arma "Estaré a muy poca distancia".

Me alegré de que nadie se opusiera a que revisara sola los bultos.

Si encontraba las llaves, no se los diría.

Me escaparía si encontraba la oportunidad. Y los dejaría aquí.

Que los maten, o que se maten entre ellos.

Sabía por dónde comenzar.

El cuarto de adolescente.

Allí había visto la camisa con sangre.

No había mucho que revisar. El closet estaba vacío, al igual que las gavetas. Hace años que el cuarto no se usaba. La maleta, que era pequeña, ya estaba vacía, y en su contenido desparramado solo se destacaba la camisa con sangre. La revisé. Era talla mediana. Pensé en que los tres hombres podían usar ese tamaño. Eso es el problema con la ropa de hombre: Sean delgados, fuertes o con algo de peso adicional, siempre consideran que son talla mediana.

Fui entonces al cuarto de Pelo Rojo y Brazos Fuertes, no porque pensara que habría mejor suerte, pero por alguna razón irreconocible estaba esquivando el cuarto de la maleta cerrada.

Mientras registraba inútilmente entre piezas de ropa, escuché la voz de Brazos Fuertes hablándole a Pelo Rojo. Le hablaba con ternura. Ese hombre era una especie de perro guardián: Lo mismo podía ser afectuoso y protector, que violento y amenazante.

Me acerqué a las escaleras y miré sin que me notaran.

Pelo Rojo registraba todos los muebles y rincones del espacio abierto de la sala y el comedor. Había encontrado el frasco cilíndrico y lo colocó en la mesa del comedor, pasando por el lado de Brazos Fuertes. Pude escuchar sus palabras. Decía que la protegería y no permitiría que algo le ocurriera. Ella lo ignoraba, como si estuviera sorda.

No están trabajando juntos. De eso estaba segura.

Por lo menos, hasta ese momento.

Me faltaba revisar un cuarto. Allí estaba la maleta de colores sobre la cama.

La maleta no tenía seguro. Solo bastaba deslizar el cierre de la cremallera por su perímetro para abrirla.

Cuando lo hice y miré el interior, caí de rodillas, derribada por un traicionero golpe de dolor.

Comencé a llorar, pero procuré hacerlo contenida, no quería que me escucharan.

Tomé lo que había visto dentro de la maleta. Me senté encogida en el piso, llevé el objeto contra mi pecho, y sollocé con un dolor que temía no lograr controlar.

No, me dije, tengo que componerme.

Debo confiar en mis instintos y emociones.

Revisé la maleta. Ropa de hombre y mujer. Una pareja compartía este cuarto.

Nada de llaves ni identificaciones en las maletas o gavetas.

Antes de regresar a la planta baja, procuré hacer unos cambios.

Cuando iba a bajar las escaleras, ya Ojos Negros venía subiendo.

"¿Encontraron algo?" pregunté.

"Solo agua" respondió mientras viraba para que bajáramos juntos.

Pelo Rojo sostenía una botella de agua cerca de los labios de Brazos Fuertes para que bebiera. Que ella reconociera su presencia parecía haberlo calmado.

Ojos Negros llegó hasta la mesa del comedor, donde habían colocado unas botellas plásticas con agua fría, y me la entregó.

No había pensado en lo sedienta que estaba hasta que sentí el líquido contra mis labios.

El agua era el único alivio ante el fracaso, pues ninguno había encontrado lo que se proponía. Ojos Negros explicó que en la nevera solo había botellas de agua, además de materiales para hacer emparedados. Todo estaba fresco, y las cantidades eran limitadas, preparativos para una estadía corta. Ninguno de nosotros había desayunado, pero nadie tenía hambre. Solo sed. Cuando terminé la botella, bebí otra, mientras Ojos Negros compartía su interpretación sobre los hallazgos.

"Parece que brindamos. Estaríamos celebrando" dijo mostrando las copas y la botella. "Pero solo hay cuatro copas, así que uno de los cinco no se encontraba en ese momento".

"O no quiso participar" indicó Brazos Fuertes.

No mencioné mi copa en la playa. Controlar la información me permitía la ventaja de reconocer sus falsedades. Por ejemplo, Ojos Negros estaba mintiendo. No mencionó la caja de seguridad detrás del cuadro. Tampoco mencionó los cuchillos de cocina escondidos en la tercera gaveta del archivero. Alguien los había escondido allí, para que ninguno de nosotros pudiera usarlos.

"No sé, puede ser" le contestó Ojos Negros "Cuando hay brindis, aún quien no gusta del licor, participa y solo se moja los labios en el vino".

"¿Qué más recuerdas?"

La trampa de Brazos Fuertes era muy obvia. Deseaba desenmascarar si acaso Ojos Negros mentía sobre su amnesia.

"No recuerdo ningún brindis específico, más bien fue una observación. Debí decir que lo sé. Tengo los conocimientos, pero no los recuerdos cómo los obtuve".

"Lo mismo me ocurre" intervino Pelo Rojo "Pero no recuerdo ni sé para qué es este frasco".

Ojos Negros volvió a acariciar el frasquito, similar a cuando lo encontró junto las sogas. Desenroscó la tapa. Olió el contenido.

"¿Qué es?" pregunté.

"No sé" contestó decepcionado "Tiene un olor dulce que me parece reconocido, pero no puedo identificar con certeza".

"Debe ser algún tipo de veneno" sugirió Brazos Fuertes "El tipo del closet intentó envenenarnos, y por eso lo matamos".

"¿Dónde estaba el cuchillo con sangre?" le preguntó Ojos Negros.

"Dentro de un bulto en uno de los cuartos. Había una camisa echa un bollo, y cuando la abrí cayó el cuchillo al piso. Era lo único que encontré para defenderme, no quería lastimarlos" entonces me miró y dijo "Ella revisó los cuartos, tiene que haber encontrado la camisa. Estaba manchada de sangre".

No había querido mencionar la camisa. Quería comprobar si Brazos Fuertes lo mantenía callado a menos que alguien la descubriese. Esto querría decir que era inocente en este asunto; o que hasta los culpables han perdido la memoria.

Otra razón para no mencionarlo era que yo había despertado con la blusa manchada de sangre. Sugerir que el dueño de la camisa ensangrentada era culpable, sería insinuar mi complicidad, si alguna.

Pero ya Brazos Fuertes había dejado saber sobre la camisa.

"¿Encontraste una camisa con sangre?" me preguntó Ojos Negros.

"Sí" contesté, temerosa de que alguien cuestionara que no lo había mencionado antes "La encontré en el cuarto que él estaba durmiendo".

Brazos Fuertes abrió los ojos como una explosión, y tensó sus mandíbulas. Las arterias sobresalieron en sus sienes. No tuve miedo cuando me amenazó con el cuchillo. Pero ahora su mirada era un grito de deseos por matarme.

"¡Está mintiendo!" gritó, mientras movía sus brazos como máquinas enloquecidas. La madera de la silla crujió, y sentí pánico al imaginar que se liberaba.

"¡Tranquilo! ¡Ahora mismo!" le advirtió Ojos Negros apuntándole con el arma.

De mala gana, Brazos Fuertes abandonó el forcejeo. Sus manos temblaban, como rodillas inundadas de adrenalina.

Tuve que mentir, estaba obligada a hacerlo.

Muerto y Ojos Negros tenían sus ropas de la noche anterior. Brazos Fuertes fue el único que se levantó sin camisa. Estoy convencida de que dejó la camisa en otro cuarto para no sospechar. O quizás había otra explicación. No quería entrar en debates o levantar dudas en los demás. Preferí por eso decir que estaba entre sus cosas y asegurar que se mantuviera amarrado, por lo menos hasta que tuviese todo más claro.

"Eres una embustera. Y una asesina" me dijo, entonces le imploró a Pelo Rojo "No le creas".

"Ella no me ha amenazado con un cuchillo" fue todo lo que respondió ella.

Brazos Fuertes bajó la cabeza, como evitando discutir.

"¿Puedes quedarte aquí vigilándolo?" le preguntó Ojos Negros a Pelo Rojo.

"¿A dónde van?" preguntó con algo de alarma.

"Solo nos queda revisar los carros, pero están cerrados. Tendré que romper los cristales para entrar en ellos".

"No me necesitas para eso" intervine.

"Alguien debe velar los alrededores mientras trabajo. Y basta ella para vigilarlo".

"¿Qué hago si intenta soltarse?" preguntó aún ansiosa Pelo Rojo.

"Los carros no están muy lejos. Solo grita y en pocos segundos estaremos aquí".

"¿Me das la pistola?" pidió ella.

Ojos Negros se negó, pero le dio el cuchillo.

Salimos por la puerta principal, que aún no habíamos usado. Ambos caminamos en dirección de la carretera. Subimos los largos escalones que subían desde la entrada de la casa de playa hasta el estacionamiento.

Tuve un ligero recuerdo, aunque cada vez que una imagen llega a mi cabeza me cuesta distinguir si es memoria o imaginación. Sentí como si hubiera corrido en esas escaleras en el pasado, un toque de extraña y lejana felicidad me salpicó, miré a Ojos Negros y tuve el impulso de coger su mano, lo cual evité. Por un instante me sentí segura con él, hasta contenta de caminar a su lado, pero era un sentimiento nostálgico, como cuando mantienes aprecio por alguien que amaste mucho, o que merecía que hubieses amado.

Tan pronto estábamos fuera del campo visual del resto, supe las verdaderas intenciones.

"No confío en ellos" me dijo. "Mientras trabajo con los carros, ve por la parte trasera de la casa, entra por la puerta del estudio, y escucha lo que hablen".

Me gustaba ese plan. Me daba ventaja de información sobre todos ellos.

Bordeé la casa y entre sin dificultades por la puerta trasera, conservando el mayor sigilo posible.

Cuando entré al estudio, mis ojos detectaron de inmediato una diferencia.

El cuadro del barco estaba inclinado.

Muy poco, pero pude notarlo, porque soy compulsiva y lo hubiera enderezado la primera vez que lo vi.

Llegué hasta el cuadro y lo removí, buscando qué había detrás.

Había una caja de seguridad en la pared.

Ojos Negros debe haberla encontrado mientras revisaba el estudio.

Traté de abrirla, pero necesitaba llave.

El llavero lo tenía Ojos Negros.

Recordé mi llave. Cuando metí la mano en el bolsillo del abrigo, toqué otro objeto, y casi estallo en llantos. Desistí y no rebusqué por la llave.

Coloqué el cuadro a la pared.

Mejor voy a protegerme.

Fui al archivero a armarme de un cuchillo de cocina.

La gaveta estaba vacía.

No sabía si maldecir a Ojos Negros, o admirar que, al igual que yo, estaba jugando con cautela.

Escuché las voces de Brazos Fuertes y Pelo Rojo.

Me acerqué a la puerta del estudio, y la abrí unas pocas pulgadas.

No podía verlos, pero los escuchaba con claridad.

"¿Cómo es posible que confíes en ellos?"

"No confío en ellos, pero tampoco confío en ti".

"Quiero hacerte una pregunta".

"Ya has hecho varias".

"Dijiste que jamás te hubieras fijado en un hombre como yo. ¿Qué quisiste decir?"

"Detesto los hombres violentos. Eso lo sé. Me causas mucho miedo."

"No soy violento, si hasta estoy asustado. Me despierto en un sitio desconocido, no sé quién soy, me tienen encerrado, no sé quiénes son ustedes.,."

"Dijiste saber quién soy".

"Mi esposa. Mi princesa."

"Qué insistencia. No tienes motivos para creer eso."

"¿Por qué nunca me miras a los ojos?"

"Ya te dije. Me das miedo".

"No es eso. Sientes algo cuando me miras".

"Créeme que es miedo. Eso es todo".

"Lo único que deseo es protegerte. Te digo que esos dos se traen algo."

"¿Por qué dices eso?"

"¿Cómo es posible que tenga una pistola? Piensa esto: ¿Alguien se ocupa de desaparecer nuestras identificaciones y llaves, pero deja un arma?"

"Estaba encerrada en una gaveta" Pelo Rojo habló como pensando en voz alta "Ella había revisado las gavetas del archivero. No me mencionó nada".

"Ambos son cómplices".

"Ella dice que no confía en él".

"No le creas nada a ella. No deseaba que abriéramos el closet, ella sabía del cadáver"

Pensé en unos instantes sobre sus palabras. Tenía que reconocer que era la única explicación para mi repulsión al closet. Pero no recordaba nada, quién era aquel hombre, cómo había llegado allí, y si su sangre era la misma que había descubierto en mi blusa al despertar.

"Pareció afectada al verlo" explicó Pelo Rojo para defenderme, o quizás pensaba en voz alta.

"Tú también. ¿Por qué?"

Hubo una pausa. Reconocí que Pelo Rojo consideraba si debía contestar la pregunta. Pero uno necesita desahogarse, hablar para organizar sus pensamientos. Yo también hubiera respondido.

"No sé por qué sentí esa compasión. De algo me sirvió ese efecto. Significa que puedo sentir, aunque no recuerde. Yo no siento esa emoción hacia ti. No eres nadie en mi vida. Nunca lo has sido".

"¡No! ¡No digas eso! ¡Sabes que es falso! ¡Mírame a los ojos!"

"Ya dije que no voy a mirarte".

"Dijiste que por miedo. Estoy amarrado, no puedo hacerte nada. Inténtalo".

"No".

Pude identificar titubeo en esa negación. Abrí la puerta y avancé un paso, quedando la mitad de mi cuerpo cubierta por la puerta, y la otra mitad afuera. Podía mirar parte de la escena, pues desde donde estaba, las escaleras bloqueaban mi campo visual. Esto significaba que también quedaba parcialmente oculta de ellos.

"Te lo ruego, hazlo" imploró Brazos Fuertes "Estamos en una situación desesperada. Mírame una vez a los ojos, aunque no vuelvas a mirarme nunca. Mírame y dime lo que sientes".

Como presentí, Pelo Rojo le concedió el deseo. Se quedó mirándole desde pocos pies de distancia. No podía ver el rostro de ella, pero la cara de Brazos Fuertes estaba clara. Lucía conmovido, emocionado, y a la vez calmado, como si alcanzara el agua después estar perdido.

Pelo Rojo no habló. Después de mirarlo durante varios segundos, se movió hacia una ventana, y miró en dirección al estacionamiento.

"¿Qué viste?"

"El hombre de la pistola acaba de romper el cristal de un carro con una piedra". Pelo Rojo movió la cabeza, como buscando, y entonces añadió: "No la veo a ella".

"No, no me refiero a qué ves afuera. Hablo de cuando miraste mis ojos. ¿Qué sentiste?"

Pelo Rojo se alejó de la ventana y comenzó a buscar el celular misterioso, pero era un pretexto para evitar su mirada.

"Miedo" contestó ella.

"Lo sé, pude verlo en tus ojos, pero sé que no es miedo a mí. Tienes miedo a recordar".

"No me importa el tipo de miedo que sea. No sentí amor".

"¿Qué viste en mis ojos?"

"Ansiedad. También miedo".

"Pero no es miedo a ti. Es pánico a perderte, terror de que no me recuerdes, de que no confíes en mí".

"No vi amor en tus ojos" sentenció Pelo Rojo.

"El miedo siempre opaca el amor, por eso es su mayor enemigo".

"Parece que no recuerdas lo que soñaste".

"No entiendo de qué hablas".

"Cuando dormías en el cuarto, comenzaste a hablar en tus sueños".

"¿Qué decía?"

"No quiero hacerte daño, no quiero hacerte daño" Pelo Rojo imitó malamente la voz de Brazos Fuertes.

"¿Por qué no lo contaste antes?"

"Porque, aunque eres violento, todo el tiempo hablas de protegerme. Y estábamos juntos en ese cuarto. Algo debe relacionarnos".

"¡Eso es lo que digo!"

"Pero no nos relaciona el amor, y por eso dudo. Además, eso de hablar en tus sueños sobre hacer daño, casi llorando. ¿Qué esperabas? Cualquiera quiere alejarse".

"Hay una explicación, Princesa. Estaba sufriendo una pesadilla. Qué ironía borrar tantas memorias, pero conservar ese sueño. Sentía que era algo repetido muchas veces".

"Una pesadilla recurrente".

"Sí, y prefiero no hablar de ella".

"No me cuentes entonces" dijo Pelo Rojo con mal actuada indiferencia.

"Quiero contarte, pero sospecho que me tendrás más miedo".

Pelo Rojo no contestó nada. Brazos Fuertes entendió que podía seguir hablando.

"Tenía 12 años de edad. Papi tuvo una de sus noches. Recuerdo la espera, la ansiedad de conocer su estado de ánimo, el terror de lo peor. Quizás fueron pocas noches malas, pero el impacto era tan devastador que una noche parecía cien.

Pues ésa fue una de esas noches. Formó una bronca inmisericorde contra mami. Algo sobre una blusa que ella usó para el trabajo, que ya él le había dicho que esa blusa no le gustaba, que no era de mujer decente, y mami le decía que salió con prisa y no había nada más, y papi le decía mentirosa me dijiste que la ibas a botar, y papi gritaba cosas terribles, y mami le pedía que no gritara, que yo estaba allí.

Me dolía escuchar que le decía puta a mami, y ver la cara de mami humillada porque le gritaba frente a mí. Mami no quería lucir asustada y destruida ante mí, pero sus ojos se aguaban con lágrimas testarudas, y enrojecieron, como si aguantara toda la presión de su pena en la mirada.

No me iba porque papi jamás le pegaba frente a mí. Yo sabía que mientras estuviera allí no la golpearía. Pero mami siempre me pedía que me fuera, ella prefería los azotes en secreto antes que los gritos y el abuso verbal ante mis ojos. Mami me ordenó ir al patio. Yo me opuse. Entonces me lo rogó con la voz temblando, y no tuve valor para serle desobediente.

Estaba bajando las escaleras cuando escuché el primer golpe. Un golpe duro contra la piel, como un hombre pegando a otro. Puta puta coño eres una puta, y los golpes al mismo compás.

Llegué al patio, mi refugio. Puedo verlo ahora mismo, repleto de tiestos y piedras decorativas. Había un espacio donde jugaba solo con la bola, la tiraba contra la pared y cuando rebotaba la bateaba. En una esquina del patio estaba la jaula de la perra.

Papi adoraba a esa perra. Y yo también. Era una pastora alemana. Me puse a fantasear sobre rescatar a mami, subir y ser el héroe para ella, no el cobarde que la abandonó. Pero tenía miedo de mi padre. Y la perra me miraba como estúpida, no sabría describirlo. Solo sé que me enojé con ella, que de pronto olvidé mi amor y compasión. Mi padre trataba mejor a ese animal que a mi mamá. Y quise darle su merecido.

Abrí el cerrojo de la jaula. Puedo sentir con claridad la lengua de la perra acariciando con cariño mi mano mientras abría la puerta. La perra salió, me brincó encima, la hice bajar, y entonces le metí una patada terrible, una patada con la que quería matar a mi padre.

La perra comenzó a chillar y me asusté. Es extraño, quería lastimarla, pero a la vez no quería hacerle daño. Me entró un pánico terrible, si mi padre la escuchaba bajaría y me descubriría. Ahora pienso que eso hubiese parado la golpiza contra mi madre. Pero en ese momento solo pensé en el terror de ser descubierto.

La pastora alemana no paraba de chillar. Le apreté el hocico para que no gimiera, pero no podía parar su escándalo. Lo primero que vi fue mi bate tirado en la grama. Lo levanté, y en el segundo impulso terrible de miedo, le pegué en la cabeza para que dejara de hacer ruido. Y no chilló. Se desplomó y no se movió más".

"¿Qué hiciste?" preguntó Pelo Rojo con voz temblorosa.

"Le seguí pegando. No sé cuántas veces. Recuerdo haber pensado muchas cosas después. Debía desaparecer la perra, hacer como si hubiera escapado. Pero no podía moverme. No podía levantarla, estaba llorando, no tenía fuerzas, solo pude quedarme a su lado pidiéndole perdón. No recuerdo su nombre. La adoraba, y no recuerdo su nombre. Solo pedía perdón y rezaba para que reviviera. Entonces sentí los pasos de alguien acercarse".

"¿Tu padre?"

"Eso es todo lo que recuerdo. El miedo de cometer otro error sin solución, el miedo a las consecuencias, el miedo a la pérdida".

"¿Por qué me has hecho esa historia tan espantosa?" reclamó Pelo Rojo "¿Me pides que no te tenga miedo, y lo que haces es contarme una explosión violenta?"

"Estoy arrepentido y me duele. Significa que no me gusta hacer daño".

"No debiste contármelo".

"No tengo nada que ofrecerte. Solo puedo demostrar mi confianza en ti compartiendo lo que recuerdo, presentando la verdad de quién soy".

"No sabes quién eres".

Sentí debilidad en la voz de Pelo Rojo. Estaba cediendo a la coerción de Brazos Fuertes.

Podía entenderla. Y a él. Porque compartía el sentimiento: la necesidad de desconfiar de todos con la necesidad de confiar en alguien.

"Sé que soy tuyo, eso es todo lo que importa" declaró Brazos Fuertes "Y sé que no te haré daño. Ahora, por favor, te ruego que me liberes".

Di otro paso fuera. Necesitaba ver cómo ella actuaba. Estaban tan atentos uno del otro, que no notarían mi presencia en la distancia.

Pelo Rojo no contestó el pedido. Caminó hasta la ventana y miró hacia el estacionamiento.

"Nos van a matar, Princesa" continuó Brazos Fuertes "No lo han hecho aún porque traman algo".

Pelo Rojo caminó hasta Brazos Fuertes.

Y comenzó a aflojar las cuerdas en una mano.

Debía interrumpir, debía llamar a Ojos Negros, pero estaba intrigado por lo próximo que dijo Brazos Fuertes.

"¿No te parece sospechoso que ella tenga puesto un abrigo todo el tiempo? ¡Estamos en la playa! ¡Hace calor! ¡Algo oculta!"

Pelo Rojo pareció molestarse con el comentario, lo cual me sorprendió. Pude ver que no había logrado desanudar la primera mano.

"Puede que se sienta más cómoda así" declaró Pelo Rojo.

Entendí su reacción. Ella no me estaba defendiendo.

Pelo Rojo viste una blusa de mangas largas.

En un día de calor en una casa de playa.

Brazos Fuertes demostró que sus palabras habían sido intencionales.

"No, no es por comodidad. Quiere ocultar algo. Como tú con las mangas largas".

"¿Qué puedo querer ocultar?"

"Creo saber".

"Pues dime".

"Pienso que ocultas una quemada en el brazo derecho" contestó Brazos Fuertes dudoso.

Pelo Rojo no respondió.

Llevo su mano izquierda hasta la manga derecha.

Comenzó a deslizar la tela hasta el codo.

Pude notar que tenía una deformación en la piel.

Me acerqué hasta las barandas de la escalera.

El problema con los pisos de madera es que no son discretos.

Moverme durante un momento de silencio fue un error.

Ambos miraron en mi dirección y me vieron.

Pelo Rojo tomó la botella de vino que antes fuera mi arma, la levantó sobre su cabeza en preparación a golpe, y avanzó hacia mí.

"¿Por qué espías? ¡Se supone que estás ayudando con los carros!"

Me sentí ridícula buscando el cuchillo en mi bolsillo. He perdido los recuerdos de mi vida y de mi personalidad, pero estoy segura de que no soy una tonta peleadora callejera.

"¡No te me acerques!" advertí mostrando la navaja

Las amenazas fueron detenidas por un sonido.

El timbre de un teléfono celular.

Los tres quedamos estáticos y atentos, como antenas vigilantes.

"Viene de ahí" declaró Pelo Rojo, quien en ese momento justo pasaba frente la puerta del closet.

"¡Nos mintió!" reclamó Brazos Fuertes "Él dijo que le había revisado los bolsillos al muerto".

Nuestra fugaz confrontación se convirtió en tregua inmediata. Pelo Rojo echó a un lado el mueblecito y comenzó a tirar de la perilla de la puerta, mientras que yo usaba la hoja del cuchillo para forzar la cerradura.

"¡Acaben de soltarme! ¡Yo puedo tumbar esa puerta!" pedía Brazos Fuertes.

"Necesitamos su ayuda, antes que llegue el otro" me dijo Pelo Rojo.

"Voy a decirle para que abra la puerta, él tiene las llaves" respondí.

"¡No! ¡Ya tiene el arma, tiene las llaves, tienes todo el poder sobre nosotros!" gritó Brazos Fuertes mientras seguía agitando su brazo izquierdo, el cual Pelo Rojo había estado aflojando. Si hubiera sabido la tragedia que pronto ocurriría, hubiera sugerido que le volviéramos a amarrar fuerte. Pero eran demasiados pensamientos a la vez, y la presión era ahora mayor.

"Voy a soltarlo" declaró Pelo Rojo, ya sin consultar.

"No, tiene que estar por llegar, te va a descubrir".

Pelo Rojo corrió hasta la ventana y miró hacia el estacionamiento.

"¡No está ahí!" exclamó.

"¡No le digan nada!" ordenó Brazos Fuertes antes de actuar tranquilidad en su silla de prisionero.

Entonces me percaté de mi error: Ojos Negros debe haber salido en dirección de la entrada posterior en el estudio, donde se supone que yo compartiese lo que haya escuchado.

Debía regresar al estudio.

Tan solo había dado un par de pasos, cuando Ojos Negros salió del estudio.

El celular había dejado de sonar. Solo rogaba que no lo hubiera escuchado segundos antes.

Su mirada me decía "¿Qué haces aquí? ¿Por qué tienes la navaja en la mano?"

Pero solo preguntó: "¿De qué hablan?"

Respondí antes que los demás lo hicieran.

"Escuché que él necesitaba ir al baño, así que estábamos discutiendo si soltarle las sogas o no".

"¡Por supuesto que no! ¡Cómo se les ocurre! ¡Tenían que esperarme!"

"Eso decidimos hacer".

"Pues no lo suelten"

"¿Qué encontraste en los carros?" pregunté, cambiando el tema.

"Nada útil".

"¿Ni siquiera nombres en los documentos de registro de los vehículos?" preguntó Brazos Fuertes con un tono sarcástico para denotar sospecha.

"Son solo nombres".

"¿No era esa la intención? ¿Buscar identificaciones?" insistió Brazos Fuertes.

"Los nombres de registro no significan nada, no tienen foto para saber quién es quién, ni siquiera podemos asegurar que los carros sean los nuestros, o alguno sea prestado. Solo nos va a confundir."

Intervine antes que siguiera escalando el intercambio agresivo entre ellos.

"Un nombre podría refrescarnos la memoria. ¿Recuerdas alguno?"

"No hice caso a los nombres".

"¿Puedes buscar los papeles en los carros y traerlos?"

"Es buena idea intentar eso" me ayudó Pelo Rojo.

Ojos Negros titubeó. Buscaba en su mente una buena razón para oponerse.

No la encontró.

"Muy bien. Voy a buscar los papeles. Dame el cuchillo."

"¡Ya tiene la pistola!" intervino Brazos Fuertes.

"Quiero asegurarme de que no lo vayas a soltar" me explicó.

"Necesito algo para defenderme mientras no estás. Pues dame la pistola."

Ojos Negros sacó la pistola que llevaba enganchada en la cintura. Pensó unos instantes, y la guardó, esta vez poniéndola en su espalda, entre el pantalón y la camisa.

"Quédate con el cuchillo. Solo procura no soltarlo".

"¿Puedes dejarme el llavero?" pregunté, sin haber preparado una respuesta.

"¿Para qué?" preguntó extrañado.

"Me lo habías dado antes como prueba de confianza".

"Para que confiaras en mí, pero ahora no estoy seguro si confío en ti. Explica para qué lo quieres"

Tuve que responder algo cercano a la realidad.

"No hemos revisado el closet. Lo del muerto nos alteró. No buscamos bien si había llaveros o identificaciones".

Ojos Negros pensó unos segundos. A veces uno quisiera ver la maquinaria del cerebro de los demás. Su expresión era de cuidado.

"Tienes razón. Si quieres, vamos a revisarlo ahora".

"Sí, o nosotras podemos hacerlo mientras buscas los papeles al carro".

Antes que Ojos Negros reaccionara, ya me había percatado que mi caso era débil.

"Hace un rato no querías que abriera el closet, ¿y ahora quieres entrar?"

"Ya sé lo que hay. Ahora estoy preparada".

"¿Y quieres registrarlo con ella? ¿Con quien casi peleas por el muerto?"

Intenté la ruta de la indiferencia

"Está bien, ya que quieres controlarlo todo, no importa, no tenemos que buscar nada. Ve al estacionamiento, te esperamos aquí".

Ojos Negros ofreció una sonrisa falsa.

"No. Vamos a abrir el closet ahora mismo".

Sacó el llavero, escogió confiado una llave, y cuando estaba penetrando la cerradura, se detuvo.

"¿Por qué no está el mueble frente la puerta?" preguntó acusadoramente "Ustedes intentaron abrir esta puerta".

Me miró esperando mi respuesta, pero el sonido contestó su pregunta.

El celular comenzó a sonar.

"¡Maldita sea! ¡Sabían de esto!"

Entonces Pelo Rojo enredó ambas manos el llavero que sostenía Ojos Negros.

Sorprendido, Ojos Negros comenzó a forcejear. Me quedé petrificada, ante lo inesperada de la acción, la cual entendí pocos segundos después.

Pelo Rojo estaba ganando tiempo.

Desde su ángulo, ella podía ver a Brazos Fuertes ya liberando su brazo, y usando el mismo para aflojar el resto de sus amarras.

En el forcejeo por el llavero, Ojos Negros quedó de espalda a Brazos Fuertes.

Como un monstruo sobrenatural, Brazos Fuertes brincó desde la silla hasta justo detrás de Ojos Negros, y con un movimiento rápido tomó el arma.

El celular continuaba sonando.

"¡Entrégale el llavero!"

Sin pensar, casi como reflejo, levanté el cuchillo y apunté a Brazos Fuertes.

Me ignoró.

Agarró por el cuello de la camisa a Ojos Negros, lo sentó de un tirón en la butaca de peces, y le puso el cañón en la cabeza.

El celular aún sonaba.

"¡Princesa! ¡Busca el teléfono!"

Pelo Rojo abrió la puerta. Cerré la navaja y la guardé en un bolsillo del abrigo, pero no tuve que ayudarla. Pronto encontró la unidad: Estaba entre un enredo de cables en el piso del closet, debajo de una tablilla.

"¡No contestes!" ordenó Ojos Negros.

"¿Quién llama?" preguntó Brazos Fuertes.

Pelo Rojo leyó el nombre en la pantalla.

"Ángel"

"¡Contesta!"

Pelo Rojo tocó la pantalla.

"¡Hola! ¿Hola?... Colgó"

Brazos Fuertes presionó el cañón contra la cabeza de Ojos Negros, como si fuera un bisturí que quisiera enterrarle en el cráneo.

"¿Por qué no querías que contestáramos?"

"No sabemos lo que ha ocurrido, no sabemos quién es. ¿Qué íbamos a decir?"

"Dame el teléfono" pidió Brazos Fuertes extendiendo la mano hacia Pelo Rojo "Voy a llamar al tal Ángel".

"¡Puede tratarse de alguien peor!" advirtió Ojos Negros.

"¿Cómo quién?"

"Quizás ese hombre muerto en el closet debía matarnos, y logramos defendernos. ¿Y si quien llama quiere saber si completó el trabajo?"

Lo que sugirió Ojos Negros merecía consideración, pero Brazos Fuertes se había propuesto ignorar todo lo que le dijera.

"Pues que me lo diga Ángel".

Justo cuando Pelo Rojo le entregó el teléfono, sonó un tono.

"¿Llegó un mensaje de texto?" pregunté.

Brazos Fuertes leyó varias veces el mensaje en pantalla, y movía sus labios cada vez que lo leía, pero no pude descifrar lo que era.

"¿Qué ocurre?" preguntó finalmente Pelo Rojo.

Brazos Fuertes le pasó el teléfono para que ella lo leyera, bien fuera para que los demás creyéramos, o quizás no quería que le temblara la voz.

Pelo Rojo miró el mensaje, y lo leyó en voz alta.

"Nos vemos en quince minutos. Voy hacia allá a deshacerme de lo que pediste".

"¿Qué quiere decir?" pregunté, aunque sospechaba lo que significaba.

"Ese hombre, el del celular en el closet, iba a deshacerse de nosotros, a eliminarnos" insistió Ojos Negros.

"¿Por qué a nosotros?" exigió Brazos Fuertes.

"¡No lo sé!"

"¿Cómo que viene a deshacerse de lo que pidió? ¿Ángel viene a recoger nuestros cadáveres? ¿O viene a matarnos?"

"¡No tengo idea! ¡Cualquiera que sea, estamos en peligro!"

"Princesa, llama al número de emergencia".

"Deja de llamarme Princesa" respondió Pelo Rojo.

"No llames aún" intervino Ojos Negros "Aún no sabemos si nosotros lo matamos".

"¡No vamos a resolver eso ahora! ¡Nos queda menos de quince minutos para actuar! ¡Llama ahora!"

Pelo Rojo comenzó a marcar.

Solo había marcado dos números cuando le arrebaté el teléfono celular de la mano.

Y antes que alguien pudiera reaccionar, tiré la unidad contra el piso con todas mis fuerzas.

El celular se rompió en varios pedazos, como si fuera un juguete mal armado.

"¡Por qué hiciste eso!" gritó Brazos Fuertes, levantando una mano para azotarme como si fuera un animalejo inoportuno.

"¡Cuidado, Aurora!" gritó Ojos Negros.

Todos nos paralizamos.

Brazos Fuertes, con la intensidad de quien lleva rato esperando el momento indicado, usó el arma como garrote y azotó a Ojos Negros en la frente. Sus espejuelos volaron en pedazos negros como moscas espantadas. Cayó de rodillas en el piso, y un chorro de fluido rojo se deslizó veloz por su frente hasta gotear –vaya ironía– sobre la alfombra que ocultaba una mancha de sangre.

"¿Ese es tu nombre?" me preguntó furioso Brazos Fuertes.

Miré hacia Pelo Rojo. Ella se había alejado varios pasos, y retomaba la cara de terror inicial, cuando temía que este hombre despertara.

"No recuerdo" dije.

"¿Cuál es mi nombre?" exigió Brazos Fuertes a Ojos Negros.

"No lo sé. Solo recuerdo el nombre de ella. Vi las iniciales "O' y "A" en la pared del estudio, y me vino ese nombre a la cabeza, y pude ver el rostro de ella, pero mucho más joven. Estoy seguro de que la otra inicial me pertenece".

Ojos Negros, con una mano temblorosa, sacó un pañuelo del bolsillo del pantalón y la llevó a su frente para detener el sangrado. En esa movida, dejó escapar un llavero con forma de palmera que cayó al piso.

"¿Qué son esas llaves?"

"Nuestra salvación."

"¿De dónde salieron?"

"Las encontré en un carro. Parecen ser de una casa de playa.

Sospecho que debe ser de alguna casa cercana, podemos buscar y refugiarnos hasta que todo se esclarezca".

"Dijiste que no habías encontrado nada en los carros. No voy a caer en tu trampa".

Brazos Fuertes hizo ademán de querer patearlo, pero aún tenía un pie lastimado. Dio unos pasos, agarró el pequeño mueble que solía bloquear la puerta del closet, y se lo lanzó a Ojos Negros, golpeándolo en la cabeza y el costado. Se derrumbó de lado como un animal que se hace el muerto, aún con la mano en la frente y las rodillas dobladas, una posición fetal de dolor.

"¡Basta ya! ¡Eres un salvaje!" le gritó Pelo Rojo.

"No me digas eso. Sabe demasiado, es sospechoso".

"Eres atrevido en acusar a los demás. ¿Y cómo sabías de la quemada en mi brazo?"

Pelo Rojo volvió a subir su manga derecha y pude apreciar la herida con claridad. La quemadura era joven, de solo meses, no lucía haber sanado por completo, parecía susceptible al dolor si se presionara.

"No sé. Puede que lo haya intuido".

"Estás mintiendo".

"Tienes que confiar en mí. Somos las víctimas. Éramos los únicos encerrados esta mañana. Él tiene que habernos atrapado".

"No sabemos si es así" intervine "El cuarto se cierra con llave desde adentro".

"¿Qué tiene que ver? Yo no tenía el llavero".

"Puede haber más de una copia de la llave".

"¿Por qué rompería la puerta si tengo llave?"

"Porque perdiste la memoria y olvidaste donde la escondiste" sugirió Pelo Rojo "Y debes haberla escondida muy bien para que yo no la encontrara, y dejarme atrapada contigo".

"Es cierto, estás obsesionado con ella. Y además está lo de la camisa con sangre" añadí no solo para agrandar la brecha entre ellos, sino porque hasta comencé a considerar mi error al eximirlo.

Brazos Fuertes me apuntó con la pistola. Pelo Rojo gritó.

Ojos Negros no reaccionó. Seguía inmóvil.

"Estoy cansado de ti" me dijo "¿Por qué tienes puesto ese abrigo?"

"Porque tiene muchos bolsillos".

"Ábrete el abrigo".

Tenía esperanzas de que Pelo Rojo se opusiera, pero ya ella desconfiaba de todos.

Brazos Fuertes hizo un movimiento circular con el arma, sugiriendo que avanzara.

Desabotoné mi abrigo y lo abrí, mostrando mi blusa.

No había ni una gota de sangre.

Anticipaba que este momento llegaría, así que cuando estuve en el cuarto de la maleta de colores, cambié mi blusa ensangrentada por una limpia.

"Dame el cuchillo. No, espera, mejor ni lo toques. Sube las manos".

Obedecí.

"Toma el cuchillo" le ordenó Brazos Fuertes a Pelo Rojo. Aunque ella no estaba dispuesta a seguir sus mandatos, esto era una oportunidad para hacerse de un arma. Ella hizo lo correcto en acceder a revisarme.

Pero se equivocó de bolsillo.

"No está ahí" me apresuré a aclarar.

"Aquí hay algo" dijo ella, manoseando el interior del bolsillo.

Entonces sacó la mano, y mostró el artículo que encontré en la maleta, el mismo que me hizo llorar en fuerte silencio.

Era un muñeco de goma, no más grande que una pelota de golf. El juguete era una representación de una tortuga sonriente.

"¿Qué es esa porquería?" me cuestionó Brazos Fuertes.

"Es un juguete, ¿acaso eres estúpido?" respondí con enojo.

"Hay algo más" anunció Pelo Rojo, quien volvió a escarbar en el mismo bolsillo.

Sacó la llave solitaria.

"¿De qué es esa llave?" exigió Brazos Fuertes.

No tuve que responder. Nunca tuve que contestar la pregunta.

La escena se descompuso mortalmente.

Ojos Negros había recuperado el sentido y se estaba poniendo de pie cuando Pelo Rojo gritó la advertencia.

Pero todos estábamos muy cerca, y el tiempo se movió muy rápido, y después muy lento.

Cuando Pelo Rojo gritó "¡Se está levantando!", Brazos Fuertes comenzó a voltearse, pero ya Ojos Negros se estaba lanzando sobre él, rodeando la extremidad armada con sus brazos.

Aproveché el momento para intentar coger la pistola.

Pelo Rojo quiso detenerme, y enredó sus manos sobre las mías.

Nos torcimos como un nudo por cuatro desesperados, y en el centro estaba la pistola, tambaleándose en el forcejeo, asfixiada por dedos que se enmarañaban como raíces luchando por el único terruño fértil.

Entonces sonó el disparo.

Nunca había oído un disparo. O debo decir, no recuerdo jamás haber escuchado uno. Creo que no se olvidaría, aunque se perdiera la memoria.

Aquí el tiempo fue lento, lentísimo.

El disparo obligó el cierre de párpados. Al abrirlos, vi los tres rostros con expresiones indistinguibles: lo mismo podían ser sorpresa que terror. Fui a bajar la vista para mirarme mis ropas. Pude distinguir que todos, o casi todos, compartían ese reflejo, y al igual que yo, lo interrumpieron al notar que uno de los rostros cambiaba de expresión.

Las niñas de sus ojos se elevaron al cielo, hasta quedar dos esferas blancas. La boca se abrió como un grito mudo. Entonces cayó Pelo Rojo, como una figura de cera que se desploma ante un calor infernal.

Brazos Fuertes compartió la expresión de horror. Sin soltar el arma, pasó los brazos alrededor de la espalda de ella, desesperado por evitar su caída, como si tocar el piso fuera la muerte definitiva. Pero no pudo detenerla, era como si en la muerte ella ganase todo el peso de todas las vidas. Cayó con ella al suelo, manteniéndola en sus brazos como una escultura de la Piedad, y mirando a sus ojos desvanecidos, le pedía a gritos que no se fuera, le rogaba que le perdonara, le juraba que la amaba, pero lo único con vida en ella era el brillo de la sangre en el centro del pecho.

Ojos Negros y yo nos separamos, como queriendo brindarles privacidad.

Brazos Fuertes comenzó a llorar. Las lágrimas caían sobre el rostro inerte. Le besó los labios varias veces. Acarició su cabello. Entonces dijo lo único que podía brindarle algún alivio.

"Dicen que en el momento de morir, uno ve toda su vida pasar frente a los ojos. Recupero nuestros recuerdos, lo sé. Cuanto desearía eso, ver nuestros momentos juntos".

Entendimos sus palabras.

"No hay nada que ya puedas hacer" intentó razonar Ojos Negros.

"Quiero estar solo con ella".

"Tenemos poco tiempo, te sugiero que…"

Ojos Negros no pudo terminar la oración.

Brazos Fuertes le apuntó con el arma.

"No me interesa. Aún me queda una bala. Y la voy a usar".

Nos alejamos aún más. Entonces, aún con el arma en la mano, cargó a Pelo Rojo en sus brazos, como una tétrica escena de luna de miel. Pude notar que el pie lastimado le causaba dolor, pero solo lo sentía su sistema nervioso, a él no parecía importarle.

Caminó con ella hasta las puertas abiertas, y entonces hacia la playa.

"Tenemos que detenerlo" dije.

Ojos Negros ignoró el resto de la escena. Fue a la cocina, y metió la cabeza en el fregadero. Dejó correr agua por su cabeza para limpiar la sangre de su herida.

En la playa, Brazos Fuertes llegó hasta las palmeras, donde se encontraba la hamaca que nunca fue enganchada. Recostó a Pelo Rojo en una palmera, mirando hacia el océano. Se sentó a su lado izquierdo, y se recostó hacia ella, las figuras asemejaban a tortolos enamorados.

No quería mirar.

Pero no podía parar de mirar.

Pensé gritarle, hacer un último intento.

Pero pensé que mi grito solo le arruinaría su último momento.

Brazos Fuertes pasó el arma de su mano derecha a la izquierda.

Se llevó el cañón de la pistola contra la cabeza.

Así, al morir, quedaría recostado junto a ella.

Cerré los ojos. Tapé mis oídos.

Sonó el segundo disparo.

Lloré.

Ojos Negros llegó hasta donde mí. Puso una mano sobre uno de mis hombros.

"Ya pasó, Aurora" me dijo.

Miré hacia las palmeras. Quien no supiera lo ocurrido, solo hubiera distinguido a un hombre y una mujer, sentados juntos, sus cabezas unidas mientras miraban el mar, una escena romántica llena de vida.

"Pareces muy convencido de que ése es mi nombre".

"Y yo soy Ónix. De ahí las letras del estudio".

"Puedo llamarme Alicia, Andrea o Ana".

"Leí tu nombre en uno de los títulos de propiedad de los carros".

"¿Qué otros nombres encontraste?"

"Ése: Ónix. Y no tengo dudas, porque además estaba mi cartera con mi identificación. El otro carro tenía la guantera cerrada con llave y no pude encontrar los documentos".

"¿Esos somos nosotros?"

"Y estamos casados. Ésta es nuestra casa, o fue nuestra casa".

No recuerdo tener esposo. Miré mi mano izquierda. No había marca de aro, pero entonces percibí que el dedo tiene su propia memoria y sentía la ausencia de un peso. Quizás lo estaba imaginando, sugestionada por sus palabras.

"Si estamos casados, ¿por qué dos carros separados?"

"No hay nada extraordinario en que cada cual tenga su carro".

"¿Y el resto vino en un mismo vehículo?"

"Claro. O quizás algunos fueron traídos por el tal Ángel".

Pensé sobre esto. No sonaba muy probable, pero cualquier cosa era posible.

Seguí preguntando.

"¿Y en qué vehículo encontraste ese llavero?"

"En el tuyo".

Me reí.

"Si tengo una casa de playa cercana, entonces no estamos casados".

"No lo entiendo todo. Me falta la memoria".

"Pareciste reconocerme esta mañana".

"Y tú a mí".

Era cierto. Lo recordaba, pero no lo recordaba.

Ojos Negros compartió su construcción:

"Cuando te vi esta mañana tuve la certeza de que me conocías. Sentí que eres una parte importante de mí. Las iniciales en la pared me estremecieron, como si mirase una parte en mi interior. Vi los nombres en los carros y los sentí nuestros. Pude verlo todo: Aquí vivimos en algún momento. Compramos una casa de playa cercana y nos mudamos. Es nuestro aniversario, o alguna fecha especial. Decidimos encontrarnos aquí y recordar nuestros primeros años. Llegaste en tu carro, yo venía de regreso de la oficina y coincidimos aquí. No esperábamos nadie, pues esto es una casa que alquilamos para veranos. Nos acercamos a averiguar y llegamos en el momento de un asesinato. La pareja que estaba con nosotros contrató a un hombre llamado Ángel para matar al hombre en el closet. El asesino se marchó, y mientras la pareja escondía el cadáver, nos descubrieron ocultos mirando. Nos agarraron y nos envenenaron. Se fueron a dormir, haciéndonos muertos, pero solo lograron afectar nuestra memoria. Entonces llamaron a Ángel para que terminara el trabajo".

No pude evitar sonreír. Me parecía tan disparatado que me explicara esto con tanta certeza.

"Lo que dices deja muchísimas cosas sin explicar".

"No lo explica todo, pero explica mucho".

Extendió su mano, esperando que la tomara.

"La persona del celular va a llegar en cualquier instante. Necesitamos irnos ahora mismo".

"¿Cómo puedo confiar en ti? No dijiste nada de los cuchillos de cocina".

"Solo los cambié de escondite, los moví a una gaveta del escritorio, en caso de que quien los haya puesto allí, quisiera usar alguno.

Además, no dijiste nada tú tampoco. Yo sé que mientes desde el comienzo. Cuando salí a explorar los alrededores encontré una copa en la playa, y sé que era tuya, recuerda que estabas llena de arena".

"Nos ha convenido ser cuidadosos".

"Ya no tenemos que serlo uno con el otro. Nos amamos, tienes que saberlo, aunque dudes por no recordarlo".

Contemplé sus palabras, y sugerí una prueba.

"Déjame abrazarte. Si me siento incómoda, significa que estás equivocado sobre nosotros, y te irás solo. Si me siento a gusto, te seguiré".

Por primera vez, vi a Ojos Negros sonreír.

Extendió sus brazos.

Me acerqué poco a poco, como si entrara en aguas desconocidas.

Llegué al espacio entre sus brazos. Esperó a que yo comenzara a deslizar mis brazos por la parte baja de su espalda, para entonces pasar los suyos por detrás de mis hombros.

Incliné mi cabeza contra su pecho.

Su respiración, su temperatura, su olor, todo me era conocido.

Ojos Negros percibió la familiaridad, y sentí sus brazos perder tensión, y acomodarse libremente alrededor de mi cuerpo.

Me aventuré a elevar mi rostro.

Él me miró.

Conozco esa mirada de muchas veces.

Nuestros labios casi se estaban tocando.

"¿Sabes por qué rompí el celular?" le pregunté.

Pareció sorprendido. No esperaba esa pregunta.

"¿Nerviosismo?"

"No deseaba que pidieran ayuda. Sentía que no podíamos irnos hasta que yo lograse algo" dije acercando mis labios un poco más a los suyos, ya rozando.

"¿Qué cosa?"

"Algo que sabía que tenía que hacer desde el primer momento que te vi esta mañana".

Entonces le clavé la navaja.

La enterré de un golpe, un poco debajo del corazón.

Sentí la sangre caliente derramarse sobre mi mano.

Apreté el puñal y empujé, aunque ya estaba toda la navaja dentro.

Vi sus ojos negros por última vez, abiertos en sorpresa y pánico, el horror de la certeza de una tragedia que ya no tiene remedio.

"¿Por qué? ¿Por qué has hecho esto?" dijo desperdiciando el poco aire de vida que le quedaba.

Seguí empujando el puñal, haciéndole avanzar de espalda hasta el closet. Abrí la puerta y contesté su pregunta.

"Te juro que no sé".

Lo empujé dentro del closet, y cerré la puerta.

Me senté en la butaca de peces.

Escuché sus fuerzas desvanecerse poco a poco, raspando la puerta como si le sirviera de algo.

Hasta que paró.

Silencio.

Muerte.

Miré la sangre en mi mano. La limpié contra el abrigo, más por reflejo que por necesidad.

Ya podía quitarme el abrigo.

Recordé la llave.

La saqué del bolsillo. Tiré el abrigo al piso.

Recogí el juguete de la tortuga.

Caminé hasta el estudio.

Fui hasta la caja de seguridad oculta, e inserté la llave.

Funcionó. Abrí la puerta.

Miré el interior.

Carteras, llaveros, celulares.

Todo quienes éramos, estaba allí.

¿Pero quería saberlo?

¿Para qué?

Nada iba a cambiar, recuerde o no recuerde.

Cerré la caja de seguridad y dejé la llave en la cerradura.

Caminé hasta la playa.

Me sentí libre al salir de la casa.

Apreté el juguete en mi mano. Lo miré. Escuché el mar. Debían unirse.

Caminé hacia la playa. El sol aún era mañanero, aún la arena no estaba caliente. Me moví descalza.

Pasé por el lado de la pareja de muertos contra la palmera. No tuve que mirar, los sentí allí.

El mar estaba hermoso. Ya no le tenía miedo.

Llegué hasta la orilla, donde el mar tocaba mis tobillos en turnos de olas.

Me despojé de mis ropas con sangre.

Comencé a adentrarme al mar.

El agua estaba fría, pero me abrazaba con calor, como si llevara tiempo esperando mi llegada.

Me pareció escuchar a lo lejos, el sonido de la gravilla en el estacionamiento. La llegada de alguien. Pero a esta distancia, y con la casa y palmeras entre nosotros, cualquiera que sea la persona no lograría verme.

El agua ya mojaba mis pechos.

Llevé el juguete hasta mi corazón y lo apreté.

El agua ahora toca mi quijada.

Esto es todo lo que recuerdo. He repasado mis memorias antes del último paso. Esto es todo lo que recuerdo de mi vida, y no hay nada que valga conservar en la memoria.

Doy un paso adicional, y respiro fuertemente agua para inundar mis pulmones.

Y ya no recordaré nada más.

Viernes

E l sol comenzaba a ocultarse detrás del mantel de mar.

La hamaca no estaba colgada aún. El hombre intentaba aprovechar estos últimos instantes de luz, pero el gris lo rodeaba a trote apresurado. Se había propuesto que la casa de playa estuviera acogedora para sus visitantes.

El ruido le dejó saber que ya no le restaba tiempo. Las piedras del estacionamiento rugieron indicando la llegada temprana de un vehículo.

El hombre corrió hacia la casa. Entró por las puertas que daban a la playa, dejó la navaja y el remanente de soga encima de un mueble, y se dirigió a la entrada principal.

Abrió la puerta y miró hacia el estacionamiento. Un carro lujoso se había aparcado junto al suyo, y una pareja bajaba las escaleras que dirigían a la vivienda. La mujer se mantenía algunos pasos al frente de su acompañante, quien intentaba alcanzarla, pero ella se las ingeniaba para no estar uno al lado del otro.

"Buenas noches doctor" saludó Patricia, una mujer elegante de cabellera roja "Llegamos temprano, antes que éste se arrepienta".

"Hace mucho que lo estoy" dijo el esposo, quien cargaba dos bultos.

Braulio era un hombre de aspecto duro, el tipo de persona que cuida su apariencia y su cuerpo. Su rostro denotaba enojo y tristeza,

"Pueden dejar los bultos en su cuarto" indicó Ónix, acomodando sus espejuelos.

"¿Tiene dos camas?" preguntó Patricia.

"¿Acaso es eso necesario?" cuestionó Braulio "Se supone que vinimos a salvar nuestro matrimonio".

"Pero todavía eso no ha ocurrido'.

Ónix intercedió. Sus años de psiquiatra y de consejería a parejas le había enseñado a identificar este tipo de intercambio, donde no se busca llegar a algún tipo de acuerdo, sino usar las palabras como armas de agresión.

"El cuarto tiene una sola cama, pero seguro que lograrán acomodarse. Ninguno de los dos tiene que preocuparse. ¿Cenaron antes de llegar?"

"Tal y como indicó" contestó Patricia.

"Muy bien, les serviré una copa de vino. Eso los relajará. Braulio, puede dejar los bultos en el primer cuarto que encontrará en el segundo piso".

Braulio subió las escaleras mientras que Ónix se dirigió a la cocina y sacó una botella que mantenía solitaria en la alacena, recién llegada para la velada.

Patricia se sentó en una silla del comedor. En el centro de la mesa había una pequeña canasta. Patricia observó al psiquiatra enjuagar varias copas de cristal.

"¿Esto es seguro?" preguntó disfrazando su preocupación con curiosidad.

"Ya lo he probado varias veces. Mi padre desarrolló la droga y yo me he ocupado mejorarla desde su muerte".

"¿Por qué no lo hace público?"

"En algún momento, cuando tenga garantía que se usará de forma responsable".

"Nadie puede asegurarle eso".

"Precisamente".

Braulio regresó y se sentó en una silla del comedor, mientras Ónix descorchaba la botella.

"Las puertas del balcón están cerradas" protestó Braulio.

"Eso es por su seguridad" explicó Ónix.

"Lo prefiero así. Hace frío" indicó Patricia.

"¿Quiere mi abrigo?" preguntó Ónix señalando su abrigo en el respaldo de una de las sillas del comedor.

"Estoy bien, porque siempre llevo mangas largas, desde que este animal me quemó el brazo".

"¿Vas a repetir eso todos los días?" protestó Braulio.

"Pues sí. Tengo la quemada todos los días".

Ónix aprovechó que estaban discutiendo para sacar de la alacena un frasco cilíndrico lleno de un líquido incoloro.

"No sé qué pretendes, no puedo borrar lo que pasó".

"Precisamente: Las cicatrices no borran" respondió Patricia.

"¿Cómo es posible que no me perdones, pero yo sí te he perdonado lo que me has hecho?"

"Claro, me perdonas, pero después de descargar tu furia" reprochó Patricia señalando el brazo herido "Me desfiguras el brazo tirándome aceite caliente, y entonces eres tan bueno que me perdonas".

"No era mi intención, fue una reacción del momento. En nuestros cinco años juntos, ¿cuántas veces te he agredido?"

"Me imagino tu defensa en corte: Señoría, es la única vez que la he asesinado en su vida".

"Sería incapaz de hacerte daño".

"Ya mostraste que lo eres".

"Fue un error, soy humano".

"Inhumano, querrás decir".

"¿Inhumano? ¿Yo? Te he perdonado y aguantado la humillación del engaño. ¿Es inhumano quererte hacer feliz?"

"Querer hacerme feliz y lograrlo son dos cosas muy diferentes".

Ónix interrumpió el intercambio, entregando una copa de vino tinto a cada uno.

"Sugiero que paren la discusión. Esta conversación la han tenido varias veces".

"Yo solo quiero que todo se resuelva" explicó Braulio "Vivo atormentado, ella no entiende. Tengo pesadillas cada noche, reviviendo la angustia de la pelea. No puedo dormir bien. Es como cuando sufro mis pesadillas de la niñez".

"Ya vas otra vez con el cuento triste de cuando mataste a aquella perra" protestó Patricia.

"Princesa. Se llamaba Princesa".

"Como quiera que se llamara, siempre haces ese cuento para manipular. Quieres lucir sensible y vulnerable, pero solo pareces cruel y patético".

Ónix volvió a intervenir. Estaba acostumbrado a interrumpirles antes que las discusiones se descontrolaran.

"Todos cometemos errores" dijo.

"Lo que quiero es borrar los errores" contestó Braulio.

"Eso vamos a hacer. No puedes borrar el pasado, pero sí el recuerdo de ese pasado".

"Ella lo que debe hacer es perdonarme, como he hecho yo con ella. Esto de perdonar borrando el recuerdo, eso no es amor".

"Por eso mismo es que hay que borrarlo" dijo Patricia antes de tomar un sorbo del vino.

"¿Qué quieres decir?" exigió Braulio.

"Que no te amo. Fíjate que no digo que te he dejado de amar. Digo que nunca te he amado, ni siquiera he sentido algo parecido por ti".

"Eso no es cierto".

"No importa lo que diga, vas a olvidarlo pronto. No sabes el alivio que me causa decírtelo: no te amo, no me gustas, no me haces feliz" Patricia levantó su manga un instante para añadir "Lo único que me alegra de esta aberración es que me dio las fuerzas para reconocerlo".

"Si todo eso es cierto, ¿por qué te casaste conmigo? ¿Cómo es que nunca te has ido?"

"Braulio, Braulio… vamos, tú eres un hombre de inteligencia promedio. Sabes la razón. Dilo tú mismo".

"Dinero".

"¿Ves? Todo el mundo tiene algo bueno. Hasta tú".

Braulio bebió de su copa, perdido en sus pensamientos. Ónix y Patricia prefirieron no quebrantar el período de silencio. Cuando ya había bebido media copa, preguntó:

"Si no me amas ni me deseas, ¿por qué quieres hacer esto?"

"Tengo mis motivos. Y si quieres que sigamos juntos, debes hacerlo también".

"Olvidarlo todo es un exceso".

"No olvidarán todo, solamente los últimos tres años" aclaró Ónix.

"Quieres que olvide esto, ¿no?" Patricia volvió a mostrar la quemada, efectivo aliciente contra su esposo "Ya sabes, este gesto del hombre que asegura que me ama".

"Si olvido los últimos tres años, significa que olvidaré el asunto de su amante" dijo Braulio casi como pregunta.

"Exacto" respondió Ónix.

"¿Y ella se olvidará de él?"

"Se conocieron hace menos de tres años, así que sí, lo olvidará".

"Esto no sirve de mucho si él vuelve a buscarla".

"Pero es que…" Ónix se detuvo a mitad de oración.

Patricia desvió la vista, pues sabía que Ónix le miraría con reproche. El psiquiatra le hizo la pregunta a modo de regaño.

"¿No le dijo?"

"No entiendo" intervino Braulio "¿Qué ocurre?"

"Morgan viene para acá".

"¿Qué dice?"

"Él también viene a someterse a la pérdida de memoria".

"Pero ¿Cómo es que va a estar aquí?"

Patricia decidió contestar la pregunta.

"Morgan fue quien me recomendó este doctor. Su esposa fue amiga del doctor durante la adolescencia, ¿cierto?"

"Así es" confirmó Ónix "Su familia tenía una casa de playa cerca de la nuestra, y pasamos varios veranos juntos. Ella tenía una situación personal con su esposo y se convirtieron en mis pacientes".

"Es un acto de morbosidad citarnos a todos juntos aquí" protestó Braulio.

"Todos deben pasar por lo mismo a la vez, usted mismo lo dijo: no funcionará si ella olvida, pero él conserva los recuerdos".

La discusión no le permitió escuchar cuando llegó el tercer vehículo de la noche. Se percataron de la llegada de los nuevos visitantes cuando tocaron a la puerta principal.

"Llegaron" anunció Ónix. "Ellos saben que ustedes estarán aquí. Todos tienes las expectativas claras. Braulio: Necesito saber si está de acuerdo con esto. Si no, cancelamos todo".

"No, no cancele nada. Terminemos esto. Confíe en mí, prometo mi mejor conducta. Quiero demostrarle a esta ingrata rencorosa que puedo contener mis emociones".

"Vaya manera de referirte a mí" rezongó Patricia.

"No te preocupes. Vas a olvidarlo".

Ónix abrió la puerta.

Aurora entró primero. Saludó a Ónix de manera afectuosa, con un abrazo liviano. Detrás entró Morgan, vistiendo gabán y corbata, no por necesidad profesional, sino porque era el tipo de galán que siempre gusta lucir elegante. Cargaba una maleta con diseño de flores. Sin saludar, estudió el interior de la casa.

"Tremenda casa de playa. Se ve que nos está cobrando bien".

Ónix se limitó a una sonrisa falsa y extender su brazo como

invitación a que se adentraran.

"Creo que es el momento de las presentaciones" anunció el anfitrión.

"No creo que sea necesario" indicó Morgan "Sospecho que todos sabemos quiénes son los demás".

"Les prepararé unas copas de vino".

Ónix pasó a la cocina, donde comenzó a trastear con la botella y las copas.

"Tiene razón, no hace falta presentaciones" dijo Braulio "Eres Morgan, el hombre que tenía sexo con la mujer que amo. Y ella debe ser Aurora, a quien envié todos los mensajes y fotos que encontré en el teléfono de ella".

Aurora se acercó a Patricia.

"Debes ser Patricia" Aurora hablaba con una serenidad que lucía como alegría de alivio "Luces más alta en persona".

"No sé qué decirte" respondió Patricia nerviosa "Solo que no sabía que era casado".

"Nada más estúpido que una mujer que decide hacerse la estúpida" declaró Braulio.

"Recuerde lo que acordamos" regañó Ónix mientras se acercaba con dos copas preparadas.

"Lo lamento, pero espero que todos comprendan que me sienta indignado ante el hombre que robo el amor de mi esposa".

"No pueden robarte lo que jamás tuviste" aclaró Patricia.

Ónix se paró en el medio de los cuatro, una manera de romper el intercambio. Entregó las copas a Aurora y Morgan.

"Aquí tienen, para que beban. Mejor vamos a relajarnos todos".

"Yo no bebo" anunció Aurora.

"Ya usted sabe, doctor, por si ocurre un milagro" dijo en tono burlón Morgan.

"Puede ocurrir" dijo herida Aurora "Así fue con Ignacio".

"Un poco de vino no le hará daño, y necesitamos que participe del brindis" indicó Ónix.

"¿Brindis?" preguntó Braulio, quien encontraba la idea ridícula.

"Los rituales de ceremonia ayudan a la unidad y sentido de propósito. ¿Aún les queda vino?"

Braulio y Patricia mostraron sus copas aún sin terminar.

"¿Estamos preparados?"

Nadie respondió, pero Ónix no esperó respuesta. Tomó la pequeña canasta que estaba en la mesa.

"Necesito que me entreguen sus carteras, llaveros y sus teléfonos celulares".

"¿Es eso necesario?" retó Morgan.

"Les explicaré nuevamente. Tomarán una droga que les causará un sueño pesado. Cuando despierten, habrán olvidado todo sobre los últimos tres años. También sufrirán pérdida de memoria de mucha información de identidad, como quién es usted o quiénes son los demás. Ese efecto secundario dura poco, quizás se desvanezca antes del mediodía de mañana. Pero sí tendrán mucha confusión durante un tiempo, y debe haber alguien para orientarlos. Por eso nos quedamos aquí, y no quiero que se confundan con llamadas, o identificaciones, o quieran huir en auto. Lo guardaré todo bajo llave en una caja de seguridad. Todo estará seguro."

En silencio, todos entregaron sus únicas posesiones del momento.

Entonces Ónix echó en la canasta las llaves de su carro.

"¿Usted también?" preguntó Morgan.

"Todo esto lo hago para protegerlos mientras no tengan memoria. Si por accidente alguno de ustedes encuentra las llaves de mi carro, podría huir. Hasta los instrumentos que cortan los he escondido, le advierto que los pacientes pueden ponerse defensivos cuando se encuentran sin memoria".

"¿Y su celular?"

"Ese lo conservo. No sabemos si surja una emergencia. ¿Puedo dejarlos solo un minuto?"

"En un minuto no podremos hacernos el daño que queremos" dijo Braulio, quien al ver el rostro serio de los demás añadió: "Estoy bromeando, por supuesto".

Ónix caminó hasta el estudio. Puso la canasta sobre el escritorio, y removió el cuadro decorativo de la pared, revelando una caja de seguridad. Esa llave siempre se mantenía oculta detrás del cuadro. Cuando abrió la puerta de la pequeña caja, descubrió que no tendría espacio suficiente. No había considerado la pistola que allí se guardaba.

Ónix dejó la pistola en el escritorio, metió todos los artículos personales de sus pacientes en la caja de seguridad y la cerró con la llave, la cual esta vez guardó en su bolsillo. Pensó durante unos segundos qué hacer con el arma. El otro lugar con llave era el archivero. Consideró regresar la pistola a su puesto original y guardar los artículos en una gaveta del mueble, pero no quería más atrasos. Buscó la llave del archivero que se mantenía en el lapicero, y dejó el arma en la gaveta inferior. Cerró el mueble, regresó la llave a su escondite y regresó apurado a la sala.

La escena que encontró en la sala le preocupó.

No estaba Morgan.

Pocos segundos después, apareció.

Salía de la cocina. Cargaba su copa en una mano, y en la otra la botella y una copa vacía.

"¿Qué hace?"

"Voy a servirle una copa".

"Estoy a cargo, yo no puedo beber".

"Usted mismo dijo que un poco de vino no hace daño. Además, supongo que usted debe participar en el brindis" Morgan puso la botella en medio de la mesa y extendió la copa ya servida a Ónix "Tenga la mía, yo no la he probado".

Ónix tocó con disimulo el bolsillo de su abrigo. La botella cilíndrica seguía allí. Cuando preparó las copas, a cada una le echó del líquido incoloro. Ya no quedaba nada de la sustancia química.

"Esa es suya. Sírvame una copa nueva".

"Como guste"

Morgan vació lo que restaba de la botella en la copa limpia y se la entregó a Ónix.

"Hagamos el maldito brindis" refunfuñó Braulio.

Ónix levantó el brazo con el vino. Los demás siguieron su señal, se pusieron de pie, y alzaron sus copas.

"Quiero que brindemos por el amor. Como psiquiatra, he participado en investigaciones que indican que el amor es una ilusión de reacciones químicas en el cerebro. Llámeme romántico si desea, pero tengo la certeza que el amor nace en una parte imperceptible de la experiencia humana. Llámelo corazón, llámelo alma, llámelo estado de conciencia, no importa. No creo que el amor es causa de esos cambios en la mente, sino que es al revés: la presencia del amor es la que define quiénes somos. El amor queda atrapado bajo los escombros de los recuerdos dolorosos, y eso es lo que vamos a hacer: liberar el amor, liberar nuestras mentes, liberar nuestras almas… ¡Salud!"

Todos tomaron sus copas de vino.

Todos, excepto Aurora.

"Hay que beber durante el brindis" reprochó Ónix "Si no, es mala suerte".

"No se preocupe, pronto la convenzo" aseguró Morgan.

"¿Cuándo comienza el tratamiento?" interrumpió Braulio.

"Más pronto que lo esperado" respondió Ónix.

"Espero que pueda esperar un poco. Creo que el vino me ha mareado. Voy al cuarto a recostarme un momento. Me avisan cuando vayamos a comenzar".

"No te acuestes en la cama" le ordenó Patricia.

Braulio se detuvo a mitad de las escaleras, y le respondió con debilidad.

"Dicen que el peor dolor es el amor no correspondido, pero están equivocados. El peor dolor es que no crean en tu amor. Patricia: Te amo y no sabes cuánto".

"Si escoges una almohada, déjame la más blanda" fue la respuesta de ella.

Braulio despareció en el segundo piso.

"Por cierto, Morgan, no les he mostrado su cuarto. Traiga su maleta" dijo Ónix.

"No creo que vaya a ser necesario" respondió Morgan.

"Deja de hacerte el complicado" le regañó Aurora con tono de traviesa.

"Eres tú la complicada, que no se bebe el vino"

"Sube la maleta y prometo considerar tomarme la copa".

Morgan suspiró, tomó la maleta, y siguió a Ónix por las escaleras.

Patricia se acomodó en la silla, incómoda de verse sola con Aurora.

"Parece que su esposo le ama mucho" dijo Aurora para romper el silencio.

"Los hombres se obsesionan con posesiones y creen que eso es amor. Yo no lo amo, y eso es lo que me importa".

"¿Está segura de que no lo ama?"

"Siempre lo supe, pero no lo entendía. Solo cuando conocí a Morgan pude entenderlo" Patricia se percató del peso de sus palabras "Disculpe que hable de su esposo".

"No te preocupes. Puedo entender que te sintieras así con Morgan. Así es él: No sabe amar, pero sabe hacerte sentir amada".

"Cuando comenzamos no sabía que era casado, se lo juro. No me estoy justificando, porque yo sí estoy casada, pero es que…"

Aurora le interrumpió.

"No es necesario que explique. Ya le dije que sé cómo es Morgan. Aunque no lo creas, no estoy enojada contigo. Cuando pienso en ti… olvídalo".

"Puede decirme. Pronto lo olvidaremos".

"Pienso: pobre estúpida. Y eso me consuela".

Patricia liberó una tímida carcajada.

"Lo soy. Hay un punto en que una está a punto de enamorarse, y tiene la oportunidad de retirarse, o de dejarse llevar por la marea. Me dejé ahogar" Patricia se horrorizo por la palabra que acababa de usar "Disculpa, eso fue una terrible comparación. Lo que quiero decir es que fui una idiota, es obvio que te ama a ti".

"Me ama tanto como tú amas a tu esposo".

"Te ama. Cuando todo se descubrió, dijo que se quedaría contigo. Pienso que hasta se alegró de que todo se supiera, como si necesitaba ese empujón para terminar la relación. Creo que quería terminar desde el incidente. Le juro que, si hubiera sabido lo que iba a ocurrir, lo hubiese evitado".

"¿Evitar qué?" preguntó extrañada Aurora.

"Usted sabe. El incidente" fue todo lo que respondió Patricia, temerosa de mencionar la tragedia.

"No sé de lo que habla" declaró Aurora, quien suponía el suceso al que se refería, pero no veía como Patricia podía estar envuelta.

Morgan y Ónix bajaron las escaleras.

"Se tardaron" protestó Patricia.

"Morgan quiso que le mostrara todo el piso" explicó Ónix.

"Me encanta esta casa de playa. Es mucho más grande que la nuestra" indicó Morgan.

"Estoy agotada. Ha sido de pronto. No lo entiendo" dijo Patricia.

"Le llevaré a su cuarto para que duerma" ofreció Ónix.

"Voy a esperar por el tratamiento".

"No se preocupe. Primero descanse".

Patricia señaló a Morgan y dijo:

"Estoy loca por olvidarlo de una buena vez" entonces se viró donde Aurora y dijo "Espero que no le moleste el chiste".

"Espero que no haya sido chiste y que sea cierto" respondió con buen humor Aurora "Nos veremos después".

Ónix y Patricia subieron.

Morgan se acercó a Aurora, y acariciando su cabello, le preguntó:

"¿No vas a tomarte la copa? Teníamos un acuerdo".

"¿Me quieres emborrachar? Mira, que no vinimos de luna de miel" Morgan sonrió.

"¿Y por qué no tener un poquito de eso?"

"Eso no quisiera olvidarlo".

Rieron juntos. Fue la última vez.

Ónix bajó. Cargaba un llavero en sus manos, el cual colocó en un bolsillo del pantalón.

"Ya están encerrados" anunció.

"¿Encerrados con llave? Eso es de película de horror" criticó Morgan.

"No quiero que se levanten durante la noche en estado de desorientación y sin memoria".

"Pero es que no nos hemos tomado la droga aún" indicó Aurora.

Morgan sonrió viendo el rostro de Ónix, quien acababa de percatarse del error en sus palabras. El psiquiatra, ganando tiempo para pensar sus próximos pasos, se quitó el abrigo y lo puso en el respaldar de una silla antes de responder.

"Ya les he dado la droga".

"No entiendo".

Fue Morgan quien le aclaró la situación.

"La droga está en el vino, Aurora" entonces se viró hacia Ónix "¿No es así?"

Aurora buscó en el rostro de Ónix una respuesta negativa, pero solo vio la reacción de alguien que ha sido descubierto.

"¿Por qué hiciste eso?"

"Porque podrían arrepentirse. He tenido casos de pacientes que se acobardan en el último momento".

"Pero tomaste del vino"

"La droga no estaba dentro de la botella de vino, sino aquí" Ónix fue hasta el abrigo, y sacó el envase cilíndrico "Le puse a cada copa mientras servía".

"No te has tomado la tuya" le dijo Morgan a Aurora.

"Ni pienso beberla".

"¿Por qué? Querías olvidar mi relación con Patricia".

"Morgan, te amo tanto que puedo perdonar tu idiota relación con esa mujer. Lo que no entiendo es cómo te amo con lo arrogante que eres. ¿Crees que esto es por ti? Acepté por Ignacio".

"¿Ignacio? ¿Ahora quieres olvidar a Ignacio? ¡Estás loca!"

"Sabes que los dos lo olvidaremos si nos borran tres años de memoria".

"Lo sé, pensé que era una consecuencia no deseada de hacer esto" respondió Morgan confundido "No podía sospechar que querías olvidarlo. Solo te rodeas de recuerdos, por más que te ruego que no lo hagas. Te vi cuando empacaste uno de sus juguetes en la maleta".

"No se supone que traigan recuerdos" reprochó Ónix "Tendré que pedir que me entreguen el juguete".

"Eso no será necesario, porque he decidido no participar" declaró Aurora "Repaso mi vida y la única felicidad verdadera, aún en la tristeza de los recuerdos, se la debo a Ignacio".

"Si no tomas el vino, no olvidarás mi relación con Patricia" le recordó Morgan.

"No voy a sacrificar mis recuerdos de Ignacio por eso. Quiero seguir contigo. Ahora tú la olvidarás. No sufrirás porque perdimos nuestro hijo. Me quedaré junto a ti, viviendo en silencio esa pena y callando el secreto de ese dolor".

"Pero Aurora, yo no deseo eso".

"¿Por qué no? ¡Eso lo resuelve todo!"

Morgan cambió de actitud, como si se adentrase de una personalidad reservada para estas ocasiones, de hombre frío y duro.

"No, no lo resuelve. Yo no puedo seguir contigo".

Aurora casi deja caer la copa. La colocó en la mesa, y se agarró del mueble para no caer.

"¿Por qué haces esto entonces?"

"Patricia y yo llevamos sobre cuatro años juntos. No vamos a olvidarnos uno del otro. Ambos lo sabemos".

Aurora hizo la pregunta que debía haber hecho hace mucho tiempo, pero nunca se había atrevido.

"¿Estás enamorado de ella?"

Morgan no respondió. Era una tardanza calculada, un acto mortificador por puro capricho.

"No lo estoy. Pero ella lo está de mí".

"¿Entonces por qué quieres estar con ella?"

"Ella le saca miles y miles de dólares a su esposo, y yo aprovecho parte de esa riqueza. No me interesa que se divorcie, pero sí que su marido olvide lo ocurrido. Y tú también".

"¿Por qué no me abandonaste y punto? ¿Por qué me haces todo esto?"

Morgan caminó hasta Aurora. Le acarició el rostro. Ahora estaba en su personalidad casi nunca visitada: el hombre honesto y tierno.

"Lo hago por ti, Aurora. Nunca he amado a ninguna otra mujer más que a ti. Y todo lo que te he causado es dolor. Quiero irme de tu vida, y quiero que olvides lo que te hice".

"Te dije que no necesito superar tu traición, Morgan".

"No hablo por Patricia. Me refiero a Ignacio".

"Te he rogado que no te sientas culpable por eso" Aurora lo abrazó "Fueron a la casa de playa, te dormiste un rato, y él logró salir hasta acercarse demasiado al mar. No tuviste intención".

"No, no tuve intención" comentó Morgan mientras rompía el abrazo y separaba a Aurora "Pero no estaba durmiendo".

Aurora lo miró sorprendida, y espero a que continuase.

Morgan confesó:

"Esas veces que lo llevaba a la playa era un pretexto para llegar hasta la casa de verano. Ahí era que me encontraba con Patricia".

"¿Estabas teniendo sexo mientras nuestro hijo se escapaba de la casa?"

"Lo dejaba en la sala viendo muñequitos. La puerta que daba hacia la playa debe haber quedado mal cerrada. El resto de la historia es como la conoces. Lo busqué y lo busqué hasta que lo encontré flotando en el mar. Son tantos errores: si hubiera revisado las puertas, si lo hubiera buscado antes…"

"O si no hubieras tenido una amante" la voz de Aurora rugía entre la furia y el llanto "¿Sabes todas las veces que he querido tirarme al mar para juntarme con Ignacio, encontrarnos juntos, sentir lo que él sintió?"

"Ha sido para mí pensar en el dolor que te he causado, en nuestro hijo muriendo solo y asustado, en el desastre que te he causado. Por eso debes tomarte el vino".

Entonces Ónix, quien había estado sentado en la butaca de peces escuchando con atención, interrumpió:

"Su plan no va a salir como quiere".

Aurora y Morgan le miraron con sorpresa, y esperaron que continuara.

"La droga que le serví no les hará perder tres años de memoria. Va a perder veinte años de recuerdos".

Morgan empezó a reír.

"¿De qué te ríes?" le preguntó Aurora.

"Tu amigo es un idiota. No sabe que tomó del vino".

"Yo tomé del vino en la botella. No tenía droga" Ónix volvió a mostrar el frasco que aún conservaba en la mano.

"Pero usted le había puesto a mi copa. Esperaba que tratara algo así. Personas educadas como usted saben que uno reparte las copas y entonces le sirve a cada uno. Traer la copa preparada desde la cocina me pareció sospechoso. Por eso hice el cambio".

"¿Cuál cambio?"

"Fui a la cocina a buscar un vaso, y vacié la botella. Entonces puse en la botella el contenido de la copa que usted me había servido. Pasé el vino que había sacado de la botella a mi copa. No he tomado la droga. Usted sí".

Ónix no habló. Fue hasta el mueble donde había dejado la soga, y colocó el frasco en la superficie, tapando con su cuerpo la verdadera intención de su movimiento: cuando dejó el frasco, agarró la navaja.

Había que conocer todo lo que estaba sintiendo en ese momento para entender su reacción tan violenta.

Ónix conoció a Aurora cuando apenas tenía 14 años de edad. Los padres de ella tenían una casa de playa en un sector menos exclusivo, pero aún cercano al pueblo costero donde coincidían todos los residentes y visitantes para sus gestiones y compras. En una actividad de música y artesanos que se celebró en la plaza, ambas familias se conocieron, y desarrollaron una amistad de temporada que duraba lo meses de verano.

Aurora fue el primer amor de Ónix, y el único de su vida. En el tercer verano fueron novios, y aprovechaban cualquier oportunidad para besarse. El estudio era un buen refugio, pues su padre solamente lo usaba como oficina cuando venía fuera de temporada para atender pacientes que había cultivado en el área. Mientras era tiempo de familia, el espacio era un salón de juegos, así que los enamorados podían pasar mucho rato allí sin levantar sospechas. En una tarde de intensos besos y caricias fue que Ónix talló en la pared las iniciales de ambos, y juró que para siempre la amaría.

Ónix notó que ella no devolvió el juramento en la otra dirección. Pensó, para aliviarse, que no era necesario.

Cuando alcanzaron sus etapas de universitarios, las visitas a la casa de verano desistieron, y Ónix hizo esfuerzos por mantener el contacto a través de llamadas y mensajes por correo electrónico. Para Aurora, aquello era un buen amigo con el que había tenido un pequeño romance. Para Ónix, esto era el amor de su vida.

Así que sufrió cuando supo que tenía novio.

Un tal Morgan se la había robado.

Pocos años después se casaron, y Ónix se enfocó en mejorar un tratamiento experimental que su padre, ahora fallecido, había estado desarrollando. Era una droga que alteraba las conexiones neurales de ciertas regiones del cerebro, causando una amnesia selectiva.

Había muchos retos. La droga funcionaba muy diferente con cada persona, sobre todo con los efectos a corto plazo. Todos perdían el sentido de identidad. Algunos no recordaban nada del período, otros mantenían algunos recuerdos, quizás por peso emocional o por mero capricho del cerebro. En particular, los usuarios se sentían desesperados, con ese odiado sentimiento continuo de que se supone que sabes algo pero no logras encontrarlo en tu cerebro. Pero después de varias horas en esta amnesia casi absoluta, las personas comenzaban a reconocerse. Ónix la había perfeccionado al punto de que, a pesar de las variaciones durante las primeras horas de efecto, unas doce a quince horas más tarde ya sabían quiénes eran, y recuperaban todos sus recuerdos, excepto los ocurridos durante los últimos años, dependiendo de la duración deseada.

Mientras tanto, el contacto con Aurora se había convertido en un recuerdo doloroso del pasado, como la pérdida de un ser querido. Algunos saludos esporádicos en breves correos electrónicos era el hilo del cual aún se mantenían contactados.

Una tarde, los saludos se convirtieron en conversaciones. Aurora tenía problemas con Morgan: deseaba quedar embarazada, y le pedía que fueran a especialistas, pero su marido se negaba. Aurora sospechaba que su esposo aprovechaba estas dificultades para evitar formar familia, algo que Morgan consideraba muy costoso. En estas conversaciones descubrieron que la vida no les había alejado en geografía, y que mantenían las casas de playas de sus respectivas herencias.

Ónix desarrolló dos emociones cruciales. Su amor por Aurora se fortaleció. Y sintió odio hacia Morgan. Ya no era el sentimiento de envidia que lo atormentó desde que se unieron, sino un desprecio intenso al escuchar que no se sacrificaba por hacerla feliz. Morgan era el hombre más afortunado del mundo al tener a Aurora, y resulta que esa oportunidad –que tanto él había anhelado– era tratada con indiferencia y desprecio. Mientras mayor era su amor por Aurora, así crecía su odio por Morgan.

Aurora estaba angustiada porque Morgan estaba distante y no buscaba ayuda para lograr embarazarla. No tenía amistades a quien confiar en estos temas, fuera del ideal Ónix, siempre dispuesto a escucharla. Ónix se aprovechó de esta vulnerabilidad en Aurora.

Invitó a Aurora a que se vieran en la casa de playa, para poder hablar de estos problemas en directo. Ónix buscó convertirse en el refugio emocional, y Aurora comenzó a tener sexo con él cuando prometió dejarla embarazada.

Eso hizo.

Ignacio fue el nombre del hijo de ellos. Ónix pensaba que ella dejaría a su esposo para que el niño creciera con su verdadero padre, pero no insistió, pues el acuerdo era hacerlo pasar como hijo de Morgan. Descorazonado, vio a Aurora dedicarse de lleno a la función de madre, y de nuevo Ónix quedó alejado de su vida.

Hasta que falleció Ignacio. Solo tenía dos años de edad.

Morgan seguía trayendo desgracias a su vida: le quita a Aurora, la hace infeliz, y después descuida al hijo de ellos.

Entonces, para colmo, Aurora le dice que Morgan ha accedido a consejería matrimonial después que alguien le reveló una relación secreta que él mantenía.

Ónix pudo identificar en Morgan los rasgos de manipulador de excelencia: El uso adecuado de la agresividad pasiva; los mensajes confusos de amor e indiferencia; la selección de una frase para herir la estima, seguido por una adulación, causando que quien acaba de ser lastimado, sienta gratitud por quien mismo le causó el dolor.

Aurora no iba a dejar a Morgan.

La solución era sacarlo de su memoria.

Borrar veinte años.

Fue desarrollando su plan con cuidado, sin ser insistente, pero presentando un escenario tan atractivo que todas las partes envueltas acordaron participar. Solo que creían que solo perderían tres años de memoria.

Todo esto estalló en este instante. La muerte de Ignacio no fue por descuido, fue por egoísmo. Le mató su hijo, y ahora le ha matado su plan.

Así que empuñó la navaja en su mano, se viró y caminó con pasos rápidos y firmes hacia Morgan, quien en ese momento iba a sentarse en la butaca de los peces.

Morgan llegó a ver el puñal en la mano de Ónix, pero la sorpresa opacó su reflejo de defensa, y no pudo ni siquiera levantar las manos para intentar detener el ataque, solo dejó caer su copa ya consumida. Ónix le clavó la navaja cerca del corazón. Aurora gritó horrorizada. Los ojos de Morgan parecían sobresalir, y mirándole fijamente, Ónix le dijo que había tenido sexo varias veces con Aurora, que Ignacio era realmente su hijo, y que vas a morir, jodido cabrón.

Morgan se desplomó. Aurora corrió a agarrarlo entre sus brazos. La sangre aún brotaba, empujada por los últimos intentos del corazón. La blusa de Aurora se empapó de sangre.

"¿Qué has hecho? ¡Llama una ambulancia!"

Ónix le ignoró. Estaba pensando en que pronto le comenzarían los efectos. Debía actuar rápido.

Subió a su cuarto de la adolescencia, que era el que había escogido para esa estadía, pues solo tenía capacidad para uno en la cama. Se quitó la camisa manchada de sangre, envolvió el cuchillo y la metió en su bulto, después la botaría. Se puso una camisa fresca con mucha dificultad mientras hablaba por su celular. Llamó a Ángel, un hombre que siempre le había estado agradecido al padre de Ónix, pues le había sanado de sus impulsos suicidas, aunque no de sus tendencias criminales. Su padre lo había contratado en los tiempos iniciales de la droga, cuando experimentaba en la retirada casa de playa con indigentes que no sobrevivían las primeras pruebas. Ángel desaparecía los cuerpos, y no se hablaba más del asunto.

"Ángel, soy yo Ónix, el hijo del doctor... Te hablo apurado. Necesito que vengas a la casa de playa. Tengo una situación y necesito que te deshagas del problema... Algo así... ¿No puedes ahora?... ¿Mañana?... Pues muy bien, llega temprano."

"¡Ayúdame que se muere!" gritaba Aurora desde la planta baja.

Aurora no había tomado la droga.

Ónix sintió un liviano mareo.

Ahí viene el efecto.

Ónix bajó las escaleras corriendo. Abrió la puerta del closet, que estaba a pocos pies del muerto. Ónix agarró a Morgan por el gabán, y lo arrastró hacia el closet. Aurora se agarró fuerte al moribundo, y Ónix, quien en otras circunstancias era incapaz de hacerle daño a Aurora, la agarró por el cuello y la empujó lejos. Entonces, de un tirón metió el muerto en el closet. Aurora lloraba en el piso como una niña. Ónix salió del closet, lo cerró con la llave, y mientras metía el llavero en un bolsillo del pantalón, sintió una ausencia.

"Mi teléfono celular. Debe haberse caído dentro del closet".

Pensó buscarlo, pero la vista se le comenzaba a nublar. Tardaría en identificar la llave. Sus fuerzas restantes debía usarlas para convencer a Aurora.

"¿Por qué haces esto?" gritó Aurora.

Ónix nunca había sentido odio en las palabras de ellas.

"Lo hice por ti. Estás atrapada en un amor infeliz, y no sabes salir. Vas a olvidarlo".

"¡No es lo que quiero!"

"A veces no se trata de lo que uno quiere, sino de lo que no quiere. No quieres recordar lo que te confesó Morgan sobre Ignacio. No quieres recordar su muerte. No quieres recordar nada de eso. Tómate la copa de vino".

Ónix pretendía caminar hasta la mesa para pasarle la copa, pero ya apenas podía sostenerse. Sus pensamientos se volvieron erráticos: de pronto decidió buscar las llaves de su carro para irse conduciendo.

"Vengo ahora" dijo con debilidad.

Cuando Ónix llegó al estudio, ya había olvidado lo que buscaba. Solo vio el sofá, se desplomó en él, se durmió, y perdió la memoria.

Aurora había quedado sola.

Se sentía sola.

Perdió a su hijo. Perdió a su marido. Perdió a su mejor amigo.

Pensar en los primeros dos le causaba un dolor profundo. Pensar en el tercero le causó un odio que hasta entonces desconocía.

Lloró en el piso hasta que sus lágrimas eran secas.

Había mucho silencio. Solo el mar se escuchaba a lo lejos.

El mar que antes amaba y ahora temía. El monstruo que se había tragado a su hijo. La bestia que le llamaba a sus entrañas.

Tenía que salir de allí. No toleraba ver la puerta del closet, saber que detrás, solo en la oscuridad, se encontraba el cuerpo de Morgan frío y silente para siempre, sin remedio.

Abrió las puertas que daban a la playa. El sonido del viento y del oleaje destruyó el tortuoso silencio.

Si pudiera olvidar todo esto.

Aurora caminó hasta la mesa, agarró la copa de vino, y regreso al umbral que conectaba a la playa.

Se removió los zapatos. Probó la arena. Estaba fría. Todo era frío. El suelo, el viento, los cuerpos de sus amores, el tiempo. Su corazón se congelaba.

Aurora caminó hasta pasar los palmares. Se detuvo cuando ya sus ojos destacaban el oleaje, iluminado por media luna.

La muerte es para siempre.

También muchos recuerdos.

El resto de sus días será pensar en Ignacio, en su tragedia, en su pérdida. Y ahora se añade la violenta muerte de Morgan frente a sus propios ojos.

La escena ocurrió una sola vez, pero la memoria la convertirá en cien mil ocasiones.

Había que olvidar.

Por un instante pensó adentrarse al mar. Pero no. Alguna justicia debe merecerse. No podía morir así.

Pero tampoco quería recordar.

Aurora miró hacia el cielo oscuro, levantó la copa, y se la tomó de un golpe.

Entonces se acostó en la arena.

Cuando era niña, amaba acostarse en la arena.

Me quedaré aquí acostada, a esperar el olvido.

Poco después, un pequeño mareo la invadió. Sintió alivio. Ya pronto no recordará.

Este fue su último pensamiento antes de perder conciencia:

Lo peor de vivir es tener que recordar...

SOBRE EL AUTOR

Alexis Sebastián Méndez ha escrito para prensa, teatro, radio y televisión.

Su libro "Alegres Infelices" fue publicado en el año 2000, e incluye varios de sus cuentos premiados en diversos certámenes literarios.

Su novela "La Gran Novela Boricua" es una historia irreverente que recoge varios aspectos de la idiosincrasia de Puerto Rico, con resultados terribles.

"La Vida Misma: Tomo #1" recoge unos cuarenta ensayos de humor publicados en la columna que el autor mantenía en el periódico Primera Hora.

"La Memoria del Olvido" es su primera novela del género de misterio.